Aus der Reihe
»Das alpenländische Bücherbrett«

HANS ERNST

Der Bauernknecht

und andere Geschichten

Mit 10 Zeichnungen von Trude Richter

ROSENHEIMER VERLAGSHAUS

2. Auflage 1990
 ISBN 3-475-52315-9

Dieses Buch erscheint
im Rosenheimer Verlagshaus
Alfred Förg GmbH & Co. KG, Rosenheim.
Gesamtherstellung: Wiener Verlag, Himberg bei Wien
Schutzumschlag-Foto: Löbl-Schreyer, Bad Tölz

Inhaltsverzeichnis

Der Bauernknecht

Ganz zwangsläufig, weil es die Umstände, das Schicksal oder die Vorsehung so wollten, wurde ich ein Bauernknecht. Wahrscheinlich spielte da auch das Blut meiner Vorfahren mit, daß ich so an der Erde hing. Und wenn man so unverschämt jung ist und so fröhlichen Herzens, daß man über jeden Stein hätte lachen können, dann spürt man die Fron nicht und nicht die Plage eines langen Bauerntages. Was einem zu schaffen macht, wenn man von den Knabenjahren ins Männliche hinaufsteigt, das ist die Liebe. Ich nahm nicht bedenkenlos, was sich bot und hatte damals schon einen Sinn für das Schöne. Es fehlte mir bloß die Erkenntnis, daß auch in einem weniger schönen Gesicht eine schöne Seele wohnen könnte.

Heute sagt man nicht mehr Bauernknecht, sondern landwirtschaftlicher Facharbeiter. Das Wort Knecht hat etwas Erniedrigendes. Man kann sich das gar nicht mehr vorstellen, denn heute kann so ein landwirtschaftlicher Facharbeiter zu seinem Herrn sagen:

»Morgen vormittag hab' ich keine Zeit für d' Arbeit, da muaß i' mit meinem Wagn zum TÜV.«

Damals gehörten wir Bauernknechte mehr oder weniger zu den Ausgestoßenen. Im Wirtshaus durften wir nicht am Tisch der Bauern sitzen, wir hatten weit hinten am Ecktisch Platz zu nehmen. Auf dem Tanzboden durfte es kaum ein Knecht wagen, sich eine Bauerntochter zum Tanz zu holen. Mit ganz wenigen Ausnahmen bekam man da einen Korb. Und wenn mir heute einer käme und mir sagte, das stimmt nicht, dann könnte ich ihm tausendfach beweisen, daß es doch so war.

Ich war in die Jahre gekommen und hatte die Wanderung über verschiedene Bauernhöfe im Gebirg angetreten. Damals verdiente ein Bauernknecht in der Woche vier Mark. Wenn man bei einem Bauern den Dienst angetreten hatte, dann verlor man auch seinen Namen. So war ich über die vielen Jahre hinweg nicht mehr der Ernst Hans, sondern der Aumüller Hans, der Hößentaler Hans, der Lichtenegger Hans, der Schwaiger Hans usw. Man könnte so was auch Pseudonym nennen. Die Hauptsache war, daß man sich unter all den Decknamen seinen eigenen Namen ehrlich bewahrte. In den Zeugnissen stand ja auch jeweils: Er war ehrlich und fleißig. Weiterer Kommentare bedurfte es nicht, obwohl man auch dazuschreiben hätte können: Hat immer fleißig mitgebetet.

Das Gebet gehörte nun einmal jeden Tag vor dem Essen zur christlichen Hausordnung. Es wurde mit wenig Andacht heruntergeleiert. Ich glaube aber, daß der liebe Gott gar nicht so scharf darauf gewesen wäre, unser Gast zu sein, denn bei einem Bauern zum Beispiel, bei dem ich zwei Jahre war, gab es tagtäglich zu Mittag Knödl und Kraut und abends Kraut und Knödl. Das Kraut schmeckte immer so, als ob ein Stück Gselchtes mitgekocht worden wäre. Aber man fand nie ein Stückl Gselchtes darin. Das müssen die Heinzelmännchen rausgefischt haben oder, was noch eher anzunehmen ist, der Bauer hat es selbst gegessen, wenn wir wieder draußen waren.

Da konnte man dann am Sonntag schon wirklich andächtiger beten, weil es da Fleisch gab.

So war ich langsam die Leiter der Berufssparte hinaufgestiegen, vom Bua zum Unterknecht, Oberknecht und Fuhrknecht. Die nächste Sparte wäre dann Baumeister auf einem größeren Gut gewesen. Aber das erreichte selten einer. Um Verwalter zu werden, bedurfte es bereits einer höheren Schule.

Bei allen Demütigungen, denen ich als Bauernknecht oft ausgesetzt war, verlor ich mich doch immer tiefer an die Schönheiten dieser Erde, an die Gräser, die da wuchsen, an das herrliche Blühen, wenn der Frühling kam, an das stille Reifen und das große Schweigen des Ackers, wenn der Pflug ihn durchschnitt. Ich fing an, alles mit anderen Augen zu betrachten und sammelte in jenen Jahren Erfahrungen mit Menschen und Tieren und allem, was die Erde trug, in so reichem Maße, daß es bestimmend wurde für mein späteres Leben. Es wuchs mir die Gabe zu, einen Menschen zu erkennen und zu erforschen bis auf seinen tiefsten Grund. Und es gab so prächtige Bauernmenschen darunter, als hätte Defregger den Männern die Seele eingehaucht und Leibl den Frauen. Ich lernte die Güte und die Liebe kennen, den Haß und bitterste Feindschaft. Dieses Sehen, Ahnen und Erkennen hat mich geprägt und nie mehr verlassen.

Damals fing ich an, von meiner einstigen Kinderliebe, der Wurzi in München, zu schreiben. Manch Kluges war darunter, aber auch viel Dummes und Törichtes ...

Thekla hieß einer der Kühe, ein breitgebautes Monstrum von Kuh mit sanften Augen, die ein Kälbchen erwartete, nachdem sie es tapfer ausgetragen hatte. Veronika war die Magd, die bei ihr wachen mußte. Sie war sieben Jahre älter als ich, eine Magd am Hof mit zwei Mark Wochenlohn. Aber auch in einer Magd glutet das Verlangen nach Liebe, und als sie mich fragte, ob ich ihr nicht helfen wolle in der Nacht, da ahnte ich noch nicht, was sie mit mir im Sinn hatte.

Zuerst saßen wir hinter der Kuh auf einem Melkschemel. Die sind nicht breit, und wir saßen ziemlich eng zusammengepreßt. Von ihren Hüften ging es so warm auf mich über. Die Veronika richtete die Stricke her und einen Eimer mit Wasser und sagte dabei:

»Hoffentlich geht's guat, dann brauch' ma neamd wecka.«

Dann saß sie wieder nah bei mir. Die Kuh dreddelte bereits unruhig umher, und die Veronika philosophierte:

»So a Kuah hat's eigentli' schee. De entbindet und braucht hernach ned auf ein Vormundschaftsgericht. So schee wia a Kuah möcht' ich's auch habn. Dann brauchet i' bloß Milli gebn und fressn.«

»I' bin scho' liaba a Mensch«, sagte ich.

»Und was für einer. Du bist allweil so z'ruckhälterisch. Woaßt du überhaupts, daß zweierlei Leut gibt?«

Dann war es so weit. Die Veronika band die Stricke an die herausragenden Kälberfesseln, und wir zogen. Es war ganz einfach.

»Scho' wieder a Stierkaibl«, sagte die Veronika.

Dann wuschen wir uns die Hände. Daneben war eine leere Boxe, in der viel Stroh gelagert war. In diesem Stroh erwachte ich dann aus einem rauschähnlichen Zustand. Weil aber nicht bloß das Blut allein rauschig geworden war, sondern auch das Herz dabei einen gewissen Anteil hatte, wünschte ich mir nichts sehnlicher, als daß jede Nacht eine Kuh kälbern möchte und die Veronika zu wachen hätte. Dabei fiel mir auch ein, daß mir einmal ein alter Korbflechter gesagt hatte:

»Bua, laß dir g'sagt sein, wenn's einmal so weit ist, dann nimm eine Ältere, weil die mehr Erfahrung hat.«

Jedenfalls war ich dieser Veronika dankbar und ging mit ihr noch manches Mal ins Stroh, bis der Bauer dahinterkam. Das gab vielleicht einen Krach.

»In einem christlichn Haushalt ko so was ned geduldet werdn«, schrie er. »Hausbrot essn, des ging grad noch ab.«

Eins von uns mußte den Hof verlassen. Die Veronika weinte bitterlich, denn sie wußte nicht, wohin unterm Jahr. Und so schnürte halt ich wieder einmal mein Bündl und suchte mir einen andern Platz. Später habe ich dann erfahren, daß der christliche Bauer das »Hausbrot« selber gegessen hat. Aber bei ihm war das anscheinend keine Sünde.

Ein Schulaufsatz

Während des Ersten Weltkrieges wurde unsere Schule an der Guldeinstraße zum Lazarett bestimmt, und wir mußten dafür nach Laim hinaus in die Fürstenrieder Schule gehen.

Der Weg dorthin war entschieden weiter. Neben dem Trambahngleis führte ein schwarzer Weg. Heute ist dort alles verbaut, aber damals dehnten sich noch weite Felder und Wiesen bis zu den Höfen an der Landsberger Straße hinüber.

Wenn man Glück hatte, konnte man sich, wenn die Linie 29 bei der Elsenheimer Straße die große Kurve etwas langsamer fahren mußte, hinten auf die Puffer schwingen und bis Laim mitfahren, weil auf der ganzen Strecke sonst keine Haltestelle mehr war.

Im Laufe der Zeit brachte ich es beim Puffersitzen zu einer gewissen Fertigkeit und beherrschte es so perfekt wie die Ausreden, wenn ich die Schule schwänzte. Auf diese Puffer sich hinaufzuschwingen, das habe ich auch der Marille gelernt. Aber nicht umsonst. Ihre Mutter hatte eine Kramerei in der Elsenheimer Straße, und die Marille hatte immer etwas dabei: Bonbons, eine Wurstsemmel oder sonst was.

Mein erster Lehrer war ein junger, sehr feiner Mensch. Mein zweiter Lehrer hieß Wolf und war seiner ganzen Anlage nach auch ein halber. Er fraß die Kinder zwar nicht auf, aber er schlug uns wegen jeder Kleinigkeit erbärmlich. Auf mich hatte er es ganz besonders abgesehen. Erstens wegen der Pufferfahrten auf der Linie 29, zweitens wegen des Schulschwänzens und drittens weil ich arm war. Sicherlich habe ich manche Prügel auch verdient. Er zwickte einem den Kopf zwischen die Beine und drosch drauflos. Einmal biß ich ihn beim dritten Schlag ganz herzhaft in den Oberschenkel. Da schrie er auf und vergaß, daß er noch drei Schläge zu geben gehabt hätte.

Daheim durfte man nie sagen, daß man in der Schule Schläge bekommen hatte. Da hieß es dann höchstens: »Der Lehrer wird schon gewußt haben, warum.« Der Lehrer hatte eben immer recht.

Ich sagte also nichts. Aber der Lehrer ließ meinen Vater kommen und sagte ihm, daß ich ihn in den Oberschenkel gebissen hätte und daß er sich eine Tetanusspritze geben hat lassen müssen. Daraufhin bekam ich dann daheim auch noch Prügel.

In späteren Jahren habe ich mir oft gewünscht, diesem »Wolf« nochmal zu begegnen, vielleicht an einem Stammtisch oder sonstwo. Aber dieses Glück hatte ich nie, und so blieb alles im Konzept hängen, was ich ihm ganz friedsam hätte sagen wollen – über Pädagogik und über die Jugenderziehung im allgemeinen.

Nach ihm bekamen wir ein Fräulein. Der Wolf hatte auch einrücken müssen und verteidigte das Vaterland in einer Schreibstube, zum Glück für die armen Rekruten.

Unser Fräulein hieß Elfriede Fuchs, und sie wußte wohl schon um den Opfergang, den ihre Versetzung in eine vierte Bubenklasse bedeuten mochte. Sie war ein wunderbarer, feiner Mensch mit einem Käthe-Kruse-Puppengesicht und einem runden Schopf im Nacken, über den immer ein feines Netz gespannt war. Sie schlug nicht, und wenn es wirklich einmal nicht anders ging, verabreichte sie zwei Tatzen, aber nicht mit dem spanischen Rohr, sondern mit dem Federhalter. Sie versuchte alles mit Güte und Geduld.

Ich weiß selber nicht warum, aber mich mochte sie besonders gern. Ich durfte die Aufsatz- und Rechenhefte in ihre Wohnung tragen, durfte ihr Holz und Kohlen aus dem Keller holen, und sie schenkte mir immer etwas. Meistens etwas zu essen, weil sie vielleicht schon bemerkt hatte, daß ich in der Pause nie etwas dabei hatte.

Doch einmal schenkte sie mir fünfzig Pfennige, damit ich mir die Haare schneiden lasse, die sich hinten im Nacken bereits ringelten. Sogar während der Schulzeit schickte sie mich hin. Daß ich dann hernach nicht mehr zum Unterricht kam, schluckte sie stillschweigend, obwohl sie vom Schulfenster aus hätte sehen müssen, daß ich in der gegenüberliegenden Kiesgrube spielte.

Sie schluckte überhaupt viel, die Elfriede. Zweimal im Jahr kam der Herr Schulrat. Er hieß Landgraf und hatte einen weißen Spitzbart. Er sagte zu Fräulein Fuchs, wenn sie einen renitenten Schüler in der Klasse habe, dann solle sie es ihm sagen. Er werde dann schon ein Exempel statuieren.

Einmal schenkte mir das Fräulein Fuchs zwanzig Pfennige und schickte mich in die Apotheke. Dort sollte ich mir Borwasser kaufen, weil ich immer so entzündete Augen hatte. Ich kam aber bloß bis zum Kiosk an der Ecke. Dort gab es zwar kein Borwasser, dafür aber Minzkugeln und einen »Bärndreck« (Lakritzenstangerln).

Damals geriet sie zum erstenmal meinetwegen aus der Fassung. Ich sehe sie heute noch, wie sie droben stand neben dem Katheder und mit den Füßen stampfte, daß ihr die Strümpfe herunterrutschten, und wie sie mit weinerlicher Stimme schrie:

»Ernst, du bringst mich noch ins Grab! Ich war immer gut zu dir, und alles ist vergebens. Bei dir ist Hopfen und Malz verloren. Aus dir wird nie was Gescheites im Leben.«

Das ging mir sehr nahe, und ich gelobte mir feierlich, sie nie mehr zu ärgern. Sie vergaß es dann auch bald wieder, sagte wieder Hansl zu mir oder Ernstl. Aber dann sollten wir einen Aufsatz schreiben. Jeder sollte etwas schreiben, das er selber erlebt oder beobachtet hatte. Im Aufsatz war ich gut, und es hätte gar nicht der Aufmunterung des Fräuleins bedurft, die mir sagte:

»Streng dich nur ein bisserl an, Hansi, du hast das Zeug in dir.«

Und ob ich's hatte. Ich fragte nur:

»Darf es auch was Lustiges sein?«

»Gerade lustig soll es sein.«

Ich dachte zuerst ein wenig nach. Dann schrieb ich:

Schulaufsatz.

Jetzt haben wir eine Lehrerin, die wo Elfriede heißt, aber wir sagen ›Mopserl‹ zu ihr, weil sie so rundlich gebaut ist. Wir haben eine große Freude mit ihr, weil sie nicht so fest zuhaut wie ihr Vorgänger, weil sie ein weibliches Wesen ist und keine so große Kraft nicht hat wie der Lehrer Wolf. Sie hat himmelblaue Augen und einen runden Mund und einen Haarschopf im Nacken. Vor allem hatte sie auch eine feine Nase, denn wie sie einmal an meiner Bank vorbeigegangen ist, hat sie erschrocken den Kopf zurückgeworfen und hat zu mir

»Du Aas« gesagt. Ich sagte ihr gleich, daß wir mittags eine Bohnensuppe gehabt hätten, aber sie ließ mich trotzdem vor die Türe hinausstehen und sagte, daß ich so lange draußen stehenbleiben müsse, bis die Bohnensuppe draußen wäre.

Vor der Tür war es ganz schön. Ich stand natürlich dort nicht unbeweglich, sondern ging im Gang auf und ab und las die Namen der Lehrer an den Türen. Am Ende des Ganges war der Turnsaal, und ich überlegte gerade, ob ich nicht ein bißchen Barrenturnen üben sollte, aber dann hörte ich vom oberen Stockwerk her Getrampel. Es kam eine Mädchenklasse die Treppe herunter, die zum Turnsaal ging. Siedendheiß fiel mir ein, daß die Marille dabeisein könnte, und ich rannte in den Abort hinein, weil ich mich nicht schämen wollte.

Im Abort habe ich lange geschussert. Wie ich mich dann einmal hinausschleichen wollte, ging gerade der Lehrer Stockerl aus seinem Klassenzimmer heraus und hustete zweimal hintereinander laut. Daraufhin kam auch das Mopserl heraus, und dann hat sie der Stockerl gleich in den Mund gebissen, was aber nicht weh getan hat, weil die Elfriede furchtbar kichern mußte und zu ihm ›Xaverl‹ sagte, worauf er zu ihr ›Spatzerl‹ sagte. Dann hat sie ihn gebissen, und das hätte ihn beinahe umgeworfen, denn er hebte sich ganz fest an ihren Hüften ein.

Wie die Pauseglocke geläutet hat, sind sie schnell wieder auseinandergelaufen. Im Schulhof draußen, wo sie im Kreis der andern Lehrkräfte stand, gab es ihr plötzlich einen Riß, als sie mich sah. Sie kam auf mich zu und sah mich ängstlich an, bis sie mich fragte:

»Hab' ich dich nicht vor die Türe stellen lassen. Ich

hab' dich aber nicht gesehn.«

»Ich schon«, grinste ich.

Flammend rot ist sie geworden, das gute Fräulein, und sie hat mir schnell ihr Pausebrot geschenkt, wo eine Wurst drinnen war.

Hernach dann, als Fräulein Elfriede die Aufsätze durchlas und an den meinen kam, wechselte sie die Farbe. Bald wurde sie rot und dann wieder blaß. Dann rannte sie schnell hinaus. Ich glaube, sie hat geweint. Und mir tat das so leid. Ich hätte mich am liebsten geohrfeigt. Aber ich hatte doch nur geschrieben, was ich beobachtet hatte. In der Folgezeit war ich dann ehrlich bemüht, sie nicht mehr zu ärgern.

Nach den Ferien kam sie nicht mehr zu uns. Sie war an eine andere Schule versetzt worden, und ich hörte nie mehr etwas von ihr.

Zu meinem fünfzigsten Geburtstag aber, über den der Rundfunk und auch die Presse berichtete, bekam ich einen Brief von Elfriede Fuchs. Sie schrieb mir, daß sie es wage, an mich zu schreiben. Sie hätte schon einige Bücher von mir gelesen und habe dabei immer an einen Schüler gleichen Namens denken müssen, den sie vor vierzig Jahren einmal in der vierten Klasse gehabt habe. Ob ich vielleicht mit dem identisch sei. Wenn nicht, so erlaube sie sich, mir trotzdem alles Gute zu meinem fünfzigsten Geburtstag zu wünschen und verbleibe mit freundlichen Grüßen, Elfriede Fuchs.

Die Fuchsin, dachte ich, mein Gott, die Fuchsin. Und mir fielen all meine Streiche wieder ein. Ich antwortete ihr, daß ich schon derjenige sei, den sie meine und daß ich mir gestatten würde, sie einmal zu besuchen, wenn es ihr recht sei.

Es wäre ihr sehr recht, schrieb sie zurück. Und so nahm ich eines meiner Bücher aus dem Regal und zwar den Roman »Der Lehrer von Tschamm« und schrieb als Widmung hinein:

»Meiner hochverehrten Lehrerin aus der vierten Volksschulklasse in der Fürstenrieder Schule, in Dankbarkeit von Ihrem Hans Ernst.«

Ich kaufte sieben Nelken und fuhr an einem sonnigen Märztag bei ihr vor. Sie wohnte noch in demselben Haus und in derselben Wohnung. Als ich läutete, klopfte tatsächlich mein Herz ein wenig schneller.

Es öffnete mir eine alte Frau mit schneeweißem Haar. Aber ich erkannte sie sofort. Aus ihren Augen strahlte immer noch diese wunderbare Güte. Nur ihre Hände waren welk geworden und zitterten ein wenig, als sie in meinen Händen lagen.

Dann saßen wir in ihrem Wohnzimmer. Nichts hatte sich verändert seit damals. Der große Ventilator hing noch an der Wand, der hohe, braune Kachelofen war noch da, unter den ich immer die Holzscheitl geschichtet hatte. Nur der Papagei war nicht mehr da. Wir sprachen von damals und nannten es die »goldene Zeit« womit wir wohl unsere entschwundene Jugend meinten, denn gar so golden war die Zeit damals auch nicht. Plötzlich fragte sie, ob ich mich noch manchmal an sie erinnert hätte.

»Ja«, sagte ich, »besonders an ihre Güte.«

»Nein, ich habe gemeint, ob du dich auch an meine Prophezeiung erinnert hast, daß doch niemals etwas Gescheites aus dir würde.« Plötzlich hielt sie sich die Hand vor den Mund, als sei sie über etwas erschrocken. »Verzeihung, ich sag' da ganz einfach Du zu Ihnen.«

»Aber ich bitte sogar darum.«

Wir lachten beide, und ich war sogar von einer tiefen Freude erfüllt, daß sie mich noch duzte wie damals. Ich hätte auch gar nichts dagegen gehabt, wenn sie mich noch Hansl oder Ernstl genannt hätte. Aber ich fühlte, daß sie mich auch so ein wenig in ihrem Herzen behalten hatte.

Wir schrieben uns dann noch ein paar Jahre zum Jahreswechsel, aber als ich sie dann wieder einmal besuchen wollte, war ein fremdes Namensschild an ihrer Tür. Man sagte mir, sie sei zu Ostern verschieden.

Zu Allerheiligen, als ich mein Elterngrab im Westfriedhof besuchte, stieß ich zufällig im Vorübergehn auf einen Grabstein. Darauf stand:

Hier ruht in Gott
Elfriede Fuchs

Ich hätte am liebsten darunter geschrieben:

Sie war die Güte selber.

Im Blick zurück

Ich weiß nicht, ob es andern auch so ergeht. Aber je später ich in den Abend hineinkomme, desto klarer steigen die Bilder der Vergangenheit in mir auf, beginnen zu glänzen und bewegen mich mit starker Eindringlichkeit, so daß ich meine, dies oder jenes sei erst gestern gewesen. Zum Beispiel, daß es bei uns daheim recht arm zugegangen ist. Wenn größere Anschaffungen zu machen waren, dann studierte meine Mutter immer die Stellenangebote in der Zeitung nach einem Zugehplatz. Und so ging meine Mutter in die Häuser reicher Leute zum Putzen. Mich nahm sie als Kind immer mit.

Bei so feinen Leuten ging es viel nobler zu als bei uns. Die ließen uns schon spüren – nicht alle zwar –, daß wir sozial unter ihnen standen. Aber es waren auch nette Leute darunter, die dem Buberl der Putzfrau auch einmal ein Bonbon schenkten.

Einmal waren wir im Haus eines Bankdirektors. Meine Mutter sagte, daß man zu der Frau auch Frau Direktor sagen müsse. So klein ich auch war, aber ich dachte doch darüber nach, warum man zu der Frau auch Frau Direktor sagen müsse, wenn doch ihr Mann diesen Beruf ausübte. Außerdem war diese Frau Direktor gar nicht schön. Sie hatte ein Doppelkinn und eine Stupsnase, und ich konnte sie vom ersten Moment an nicht leiden, weil sie meine Mutter gleich fragte, ob sie nicht auch meine, daß fünfzig Pfennige in der Stunde für eine Putzfrau zuviel wären.

Die Stupsnase hatte auch ein Töchterlein, das Mausi

gerufen wurde. Die Mausi mochte mich und konnte so herzlich lachen, wenn ich sagte, sie solle nur Obacht geben, daß sie von keiner Katze gefressen werde, weil besonders die Kater die Mäuslein gern mögen zum Abendbrot. Aber ich würde sie schon in Schutz nehmen, wenn sie mir die Hälfte ihrer Schokoladentafel schenkte. Das tat sie dann auch.

Ich durfte meist in der Küche in einem Winkel sitzen. Die Mausi war viel bei mir, aber das sah ihre Mutter nicht gerne. Aber die Mausi beharrte eigensinnig darauf und schrie:

»Ich will beim Putzfraububi bleiben.«

Ich mochte sie auch und lehrte sie sagen:

»Bis dich der Teifi holt.«

Damit meinte ich aber ihre Mutter, die ein rechter Geizkragen war. Der Bankdirektor war ein großer Mann mit einem dicken Bauch, einem blonden Vollbart, einer vaterländischen Gesinnung und einer tiefen Baßstimme. Manchmal setzte er sich ans Klavier, spielte und sang dazu »Es braust ein Ruf wie Donnerhall« oder: »Fern bei Sedan, auf den Höhen«.

Einmal fragte er meine Mutter, welche Parteirichtung ihr Mann vertrete. Ob er vielleicht gar ein Sozialdemokrat wäre.

»Nein«, sagte meine Mutter, »mein Mann ist Eisenbahner.«

Meine Mutter verstand von der Politik nichts. Sie war mit der Lehre Christi zufrieden und mein Vater ein Königstreuer. Ihre Politik hieß Arbeit, Arbeit und wieder Arbeit. Sie kniete am Boden und schrubbte mit Wurzelbürste und Seifenlauge die Böden. Manchmal hing ihr eine Strähne ihres blonden Haares über das

Gesicht. Dann schob sie die Unterlippe vor, blies die Strähne weg und kühlte damit auch ihre schweißtriefende Stirn. Sie tat mir immer in der Seele leid, meine schöne, zierliche Mutter, daß sie am Boden knien und fremder Leute Böden schrubben mußte, und ich schwor mir, wenn ich einmal groß bin und Geld verdiene, dann braucht sie nie mehr zum Putzen gehen.

Dann fuhren die Bankdirektors vier Wochen in Urlaub auf die Insel Sylt. Die Mausi weinte, weil sie lieber bei mir geblieben wäre. Aber ihre Mutter sagte, daß sie jetzt dringend der Erholung bedürfe. Ich verstand zwar nicht, warum sie Erholung brauchte, denn alle Dreckarbeit mußte doch meine Mutter tun. Meine Mutter sagte nie, daß sie einen Urlaub brauche.

Als ich mich von der Mausi verabschiedete, sagte ich zu ihr, daß sie nur Obacht geben solle, damit sie auf Sylt kein Kater fresse. In ihrer kleinen Herzensnot schenkte sie mir eine ganze Tafel Schokolade und bat, daß ich sie nicht vergessen solle, und sie würde mir aus Sylt schon was mitbringen, eine Muschel vielleicht oder ein Krebstierchen. Kinderliebe nennt man das. Manchmal ist so eine Kinderliebe sogar von Dauer. Manchmal fällt sie schnell wieder auseinander. Es ist auch schon vorgekommen, daß aus einem Kinderpaar ein Ehepaar geworden ist.

Mir wäre himmelangst gewesen, wenn ich die Stupsnase als Schwiegermutter bekommen hätte. Aber auch er, mit seinem ewigen »Es braust ein Ruf wie Donnerhall«, wäre nicht der richtige Schwiegervater gewesen.

Übrigens war die Stupsnase auch ein verlogenes Luder, denn sie sagte zu meiner Mutter, wenn sie während ihres Urlaubs in der Woche zweimal die

Blumen gieße, bringe sie ihr von Sylt etwas mit. Sie hat aber nichts mitgebracht und holte meine Mutter auch nicht mehr zum Putzen. Vielleicht hatte sie eine gefunden, die das für vierzig Pfennig die Stunde machte.

Bei Bankdirektors war es also nichts mehr. Aber meine Mutter hatte gleich wieder einen Zugehplatz. Sie fand in der Zeitung ein Inserat, wonach ein Dichter eine kräftige Zugehfrau suchte. Meine Mutter besaß auch Mut, denn sie meldete sich als kräftige Frau, obwohl sie klein und zierlich war.

Ich stellte mir unter einem Dichter einen Mann vor, der etwas dichtet, eine Wasserleitung oder so etwas. Was hat so ein Knirps schon für Berufsvorstellungen? Die Frau des Dichters sagte bei der Vorstellung, daß man als Dichter berufen sein müsse und begnadet zugleich. Zu meiner Mutter sagte sie auch noch: »Aber kräftig sind Sie auch nicht gerade, Frau Ernst. Bei uns muß nämlich eine Zugehfrau auch Holz und Kohlen aus dem Keller in den dritten Stock heraufttragen.«

Meine Mutter traute sich das ohne weiteres zu, obwohl das bei uns daheim immer der Vater machte. Aber ich wollte der Mutter helfen, soweit meine kindlichen Kräfte reichten. Dabei war die Frau des Dichters jung und stark. Aber sie muß immer sehr müd gewesen sein, denn sie lag viel auf einem Sofa und rauchte dauernd Zigaretten in einer langen Spitze. Dabei erzählte sie so nebenbei von ihrem Mann, den sie des öfteren zu inspirieren habe. Er dichte oft, daß ihm der Kopf rauche, und dann lege sie ihm immer ein nasses Tuch um die Stirne. Dabei trage ihr Waldemar sie aber auch auf Händen. Ich dachte mir, wenn er sie einmal fallen läßt, dann ist sie hin.

Der Dichter selber war ein langer, dürrer Mann, ganz sicher doppelt so alt wie sein »Blümchen«, denn er hatte kaum mehr Haare, nur um die Ohren herum so einen grauen Kranz.

Sie schleckte auch immer viel Pralinen und las immer Bücher von der Courths-Mahler. Anscheinend gefielen ihr die besser als die Produkte ihres Mannes. Manchmal, wenn ich sie recht treuherzig anschaute, wurde sie gnädig und sagte: »Da, Knäblein, hast du auch eine Praline. Iß sie aber mit Verstand!«

Knäblein, sagte sie zu mir, nicht Bubi.

Sie war so gottbegnadet faul, daß sie mitten unterm Pralinenknabbern ihren Mann aus seinem Dichtertempel rufen konnte.

»Ach, Waldemar, ich liege so schlecht. Kannst du mir nicht die Kissen richten?«

Dazu hätte sie nicht ihren Waldemar gebraucht. Das hätte ich auch tun können.

Der Waldemar kam dann, sagte Blümchen zu ihr und richtete die Kissen. Dann sagte sie: »Ich danke dir, mein Schätzchen. Hoffentlich hast du jetzt den Faden nicht verloren.«

Ich dachte, wie kann man denn einen Faden verlieren, wenn man einer faulen Frau die Kissen unter den blonden Lockenkopf schiebt. Wozu braucht denn ein Dichter überhaupt einen Faden?

Der Blondschopf sagte, daß man das Dichten nicht erlernen kann. Dazu bedürfe es wirklich der Begnadung.

Wenn die Begnadung über ihn kam, dann mußte es in der Wohnung ganz still sein. Aber am Tag wurde er nur so zwischenhinein einmal für kurze Augenblicke begnadet, meistens in der Nacht, sagte seine Frau, so bis gegen drei Uhr in der Früh'. Und sie liege dann im Bett und warte auf ihn, bis ihn die Begnadung verlassen habe. Dann komme er ganz erschöpft zu ihr, und sie müsse ihm dann mit ganz zarten Fingern über die Dichterstirne streicheln. Und sie sprächen dann von einem neuen Stoff, den er verarbeiten müsse.

Das alles erzählte der Blondschopf meiner Mutter. Die erzählte es wieder meinem Vater. Und der sagte dann:

»Ja, ja, unser Herrgott hat an großn Tiergartn. Und überhaupt, um drei Uhr in der Früh', da möcht' i' schlafn.«

Aber sonst war es ganz nett in dem Poetenhaushalt. Bloß schade, daß keine Kinder da waren, mit denen ich hätte spielen können wie mit der Mausi. Aber der Blondschopf meinte, Kinder verderben bei einer Frau bloß die Figur, und sie habe ja ihren Waldemar zu bemuttern. Einmal sagte meine Mutter, daß der tiefere Sinn einer Ehe doch Kinder wären. Was solle denn aus einem Volk werden, wenn es keine Kinder mehr gäbe?

Das wisse sie nun allerdings nicht, meinte die Dichtersfrau. Im übrigen erzeuge ihr Waldemar dauernd Kinder. Geistige Kinder halt. Und es sei eben die Frage, was wertbeständiger sei. Darüber könne ihr wohl die Putzfrau auch keine Auskunft geben.

Firmungszeit

Jedes Jahr, wenn die Zeit der Firmungen naht, denke ich gern zurück an meine eigene Firmung. Damals war man noch sehr bescheiden. Wenn wirklich eine silberne Uhr drin war, dann war das schon großartig. Das mindeste, was heute von einem Firmpaten verlangt wird, ist, daß er ein Auto hat, einen großen, schweren Wagen, mit dem man nach der heiligen Handlung möglichst an den Königsee fahren kann oder nach Salzburg. Daß der Firmling heute eine Armbanduhr, Automatik mit Datumsangabe, oder ein Fahrrad als Firmgeschenk erwartet, ist beinahe genauso selbstverständlich. Mein letzter Firmling – im ganzen hatte ich sechs – fragte mich gleich, ob nicht ein Moped als Geschenk herausschaue. Ich kaufte ihm, wie den andern, eine Uhr und schenkte ihm noch eine eingerahmte Karte dazu, wo ein Moped drauf war.

Zu meiner Zeit war man noch bescheidener, und es war gar nicht so selbstverständlich, daß man eine Uhr bekam oder einen guten Tag. Man saß gewissermaßen auf Kohlen während der ganzen Firmung, ob man nach dem Backenstreich des Bischofs eine Uhr bekäme oder nicht.

Mein Firmpate war ein Baugeschäftsinhaber und Maurermeister in Sendling. Zu ihm mußte ich also, als es soweit war, nach altem Brauch zum Firmbitten gehn. (Mein letzter Firmling fragte telefonisch an, ob ich Lust hätte, bei ihm den Firmpaten zu machen.)

Klopfenden Herzens stieg ich damals zum zweiten Stockwerk hinauf. Als ich an der Wohnungstür läutete, öffnete mir seine Tochter. So klein ich noch war, das erkannte ich aber doch, daß sie eine Schönheit war, blond und blauäugig, mit netten Rundungen überall. Wie ein Barockengel sah sie aus. Bloß Flügel hatte sie keine. Aber sonst? Mein lieber Schwan.

Ihr Papa sei nicht zu Hause, sagte sie. Er sei vorne in der Eckwirtschaft bei seinem abendlichen Tarock. Mit klopfendem Herzen ging ich also in die Wirtschaft. Am Ofentisch sah ich drei Männer sitzen, und ich fragte die Kellnerin, welcher von den dreien der Herr Baumeister sei.

»Der Dicke dort«, antwortete sie und deutete mit dem Kinn zum Ofentisch hin. »Magst was trinken?«

Ich schüttelte den Kopf. Freilich hätte ich gerne ein Kracherl gehabt, aber ich hatte kein Geld.

Auf dem ganzen Weg hatte ich mir immer vorgesagt, was ich sagen müßte, aber jetzt fand ich lange nicht den Mut, mich dem Ofentisch zu nähern. Endlich ging ich doch hin und bat:

»Herr Baumeister, ich tät' halt recht schön bitten, ob Sie nicht meinen Firmpaten machen möchten.«

Der, den ich angesprochen hatte, nahm gerade seine Karten auf und sagte stirnrunzelnd:

»Ja, was gibst denn du wieder für ein Zeugs z'amm, Angermaier. Da möcht's ja der Sau grausn. Weiter, sag' ich.« Dann erst drehte er den Kopf und schaute mich an. »Was möch'st, Kleiner?«

»Ein' schönen Gruß vom Vater, und ich tät halt recht schön bitten, ob Sie nicht meinen Firmpaten machen möchten.«

Er betrachtete wieder seine Karten und schüttelte den Kopf. Dann: »Von wem bist denn du?«

Gehorsam nannte ich Name und Vorname.

»So, so, vom Ernst bist du? Von was für ein' Ernst? Von dem Eisenbahner?«

»Ja, von dem. Und der Vater schickt mich, ich soll recht schön – –«

Der wuchtige Schädel meines künftigen Firmpaten fuhr plötzlich raubvogelartig nach vorne.

»Ja sag einmal, Schwoaga, warum schmierst denn du dein' Graszehner nicht? Herrgott, spielst du wieder ein Zeug z'amm'! Schmiert er den Graszehner nicht, wenn d' Sau schon lang g'falln is'.« Dann, ohne mich anzuschaun: »Wann ist denn deine Firmung?«

»Am 18. Juni, Herr Baumeister. Und ich tät' halt recht –«

»Ja, ja, ist schon recht. In was für einer Kirch'?«

»In der Paulskirch'. Um acht Uhr, Herr Baumeister.«

»Also, dann kommst bis um siebn Uhr in meine Wohnung. – Also so was, schmiert der den Schellnzehner nicht. Schwoaga, du lernst es nie.«

Zu mir sagte er nichts mehr, und ich schlich mich nach einer Weile hinaus. Arg enttäuscht war ich, und eine Uhr erwartete ich bei soviel Unpersönlichkeit schon gar nicht mehr. Darüber klagte ich auch daheim. Aber mein Vater lachte nur und sagte:

»Täusch dich ned, Bua. De Dickn sind sonst alle gemütlich. Aber beim Kartnspieln darf man auch niemand störn.«

Am besagten Tag war ich natürlich schon um halb sieben Uhr in Sendling. Weil ich mich so früh noch nicht zum Firmpaten hinauftraute, stand ich lange Zeit vor dem Gemälde der Sendlinger Bauernschlacht an der alten Kirche. Mit heller Begeisterung bewunderte ich den Schmied von Kochel, wie er mit seinem Morgenstern unter den Feinden wütete. Und es tat mir in der Seele weh, daß das weißblaue Banner ihm die Sicht gegen den rotbefrackten Feind verdeckte, der seinen krummen Säbel über dem Haupt meines Helden schwang.

Endlich schlug es sieben Uhr, und ich läutete wenig später an der Wohnungstür. Ich hoffte, daß der Barockengel mir wieder öffnen würde, und ich wollte etwas recht Nettes sagen. Mein Spezl, der Scherer Alisi, hatte mir erzählt, daß man zu den Weibsleuten bloß zu sagen brauche, man hätte von ihnen letzte Nacht geträumt. Das ziehe immer. Aber vielleicht hätte ich gar nichts gesagt, denn mir war an diesem Morgen so heiligmäßig zumute. Ich hatte ja erst am Vortag noch gebeichtet und konnte doch nicht schon wieder lügen.

Zum Glück öffnete mir der Herr Firmpate selber. Er war noch in Hausschuhen und nur in Hose und Hemd. Die Hosenträger baumelten hinter ihm her. In diesem Aufzug sah er noch dicker aus. Er wog, leicht geschätzt, seine zweieinhalb Zentner.

»So, Bua, bist schon da?« lachte er. »Das mag ich, wenn die jungen Leut pünktlich sind. Geh nur rein ins Wohnzimmer und setz dich derweil aufs Kanapee. Hast schon ein' Kaffee g'habt?«

»Ja, Herr Pate«, antwortete ich niedergeschlagen, denn wie sollten wir denn noch rechtzeitig zur Firmung kommen, wenn er noch in Pantoffeln herumlief.

»Trink nur nochmal an Kaffee und nimm dir ein Stück Guglhupf, daß dir ned schlecht wird in der Kirch'. – Wo bloß der damische Baderwaschl wieder bleibt. Der soll mich doch noch rasiern.«

Im selben Augenblick läutete es wieder. Es war Gott

sei Dank der Bader, und ich blieb allein in dem Zimmer mit den vornehmen Biedermeiermöbeln zurück. Zuerst schob ich mir ein Stück Guglhupf in den Mund, dann sah ich mich um. An der Wand, über dem breiten Lederkanapee, sah ich sechs kleine Pantoffelchen aus rotem Samt hängen. Von jedem Pantoffelchen hing eine dünne Silberkette herunter. Meiner Meinung nach mußte am Ende so einer Kette eine Uhr hängen. Ich täuschte mich auch nicht. An jeder Kette hing eine Uhr. Gerade kam ich noch vom Kanapee herunter, da öffnete sich die Türe und mein Herr Firmpate trat ein, im langen, schwarzen Flügelrock, den glänzenden Zylinder in der Hand.

»So, jetzt können wir gehn. Wie, laß dich anschaun.« Er nickte anerkennend. »Sauber bist beinander. So ist's recht. Und daß du Punkt sieben Uhr dag'wesen bist, des g'fällt mir. Unpünktliche Menschen mag ich nicht. Wo kei' Pünktlichkeit in einem Menschen ist, da ist auch nicht viel Charakter. Merk dir das für dein Lebn. So und jetzt gehn wir.«

Im Hinausgehen griff er noch in eines der Pantoffelchen und steckte etwas in die Tasche. Nun war mir alles egal. Von mir aus konnten wir jetzt auch zu spät kommen, denn ich hatte gesehn, wie der Herr Pate eine Uhr in seine Tasche gesteckt hatte. Wahrscheinlich werden wir jetzt mit der Trambahn fahren, dachte ich. Aber dann begann mein Herz zu hüpfen vor Freude, denn vor der Haustür stand ein Fiaker, eine schwarzlackierte Kutsche, vor die ein rassiger Apfelschimmel gespannt war. Wir stiegen ein, und mein Pate sagte zu dem Kutscher:

»Heut leidet es keinen Zuckltrab, Moser.«

Der Kutscher schnalzte mit der Zunge, dann ging es in flottem Trab dahin. Mein Pate sprach auf dem ganzen Weg kein Wort. Erst als wir bei der Bavaria vorbeikamen, fiel ihm plötzlich ein:

»Hast es g'sehn, wie du damals beim Firmbitten da warst, daß der Schwoaga sein Graszehner nicht gschmiert hat. Ja so, du werst noch nicht viel verstehn vom Kartenspieln!«

»Sechsersechzgerln kann ich schon.«

Die Glocken der Paulskirche läuteten mit schönem Hall, als wir vorfuhren. Was für eine Wonne. Der Metzger Schorschl kam auch gerade daher mit seinem Firmpaten. Zu Fuß natürlich. Ich sprang aus der Kutsche und reichte meinem Paten die Hand, damit er leichter herunterkam. Dem Schorschl trieb es direkt die Augen raus.

Die Kirche war schon gesteckt voll. Und da passierte etwas, das ich mein ganzes Leben lang nicht vergessen werde. Ein uraltes Weiblein mit schlohweißem Haar und abgearbeiteten Händen rutschte im hinteren Kirchenstuhl zur Seite, damit wir beide noch Platz fänden. Dann faßte sie mich am Ärmel und flüsterte:

»Rutsch nur her zu mir, Büberl. Ich bet' schon fest für dich, daß es dir im Leben einmal recht gut geht ...«

Eine ganz fremde Frau, eine Mutter voller Güte. Die Perlen des Rosenkranzes glitten durch ihre mageren Finger.

Nach der Firmung langte mein Pate in die Tasche und überreichte mir, ohne ein Wort zu sagen, Uhr und Kette. Anschließend fuhren wir wieder mit dem Fiaker in die Innenstadt in das Gasthaus »Zu den drei Rosen« zum Mittagessen. Dort warteten bereits seine zwei

Tarockbrüder auf ihn. Jeder von ihnen hatte ebenfalls einen Firmling, und ich zeigte den fremden Buben sofort meine Uhr. Leider hatten sie aber auch eine.

Es gab eine Grießnockerlsuppe, dann eine Schweinshaxe mit Kartoffelknödel und als Nachspeise ein Eis. Anschließend fuhren wir alle sechs mit der Trambahn nach Hellbrunn zum Tierpark hinaus. Wir Buben bekamen ein Stück Torte und ein Kracherl. Die Paten tranken Bier, und es dauerte nicht lange, da verlangten sie von der Kellnerin Tarockkarten. Sie spielten den ganzen Nachmittag, indessen wir Buben uns die Seelöwen und die Affen anschauten.

Abends bekam ich dann im Gasthaus »Zum grünen Baum« noch einen gefüllten Pfannkuchen. Dann begleitete mich mein Pate zur Trambahn, kaufte mir ein Pfund Kirschen und drückte mir ein Zehnerl in die Hand für das Fahrgeld.

»Ja, ja, ist schon recht«, sagte er, als ich mein Vergelt's Gott anbringen wollte. »Sagst ein' schönen Gruß daheim und laß dich wieder einmal sehn. Jedes Jahr, am 19. März, da hab' ich meinen Namenstag. Da kommst in das Gasthaus, wo wir heut zu Mittag gegessen habn. So – und jetzt b'hüt dich Gott, bleib brav und schau, daß einmal was G'scheites wird aus dir im Leben.«

Daheim erfuhr ich erst von meinem Vater, daß dieser Baumeister aus Sendling jedes Jahr sechs bis sieben Buben zur Firmung führte und daß er dies tat, weil er glaubte, daß man etwas für sein Seelenheil tun müsse.

Im nächsten Jahr ging ich also am 19. März in das Gasthaus »Zu den drei Rosen«. Sechsundsiebzig Firmlinge aus all den Jahren vorher waren bereits versammelt. Schwer und massig, aber mit einem unergründlich gutmütigem Lächeln saß der Herr Pate unter uns, bewirtete uns mit Kaffee und Kuchen, und jeder mußte ihm seine Uhr zeigen, ob sie noch glänze und gehe.

Im darauffolgenden Jahr waren es zweiundachzig Buben. Im dritten Jahr aber ging ich nicht mehr hin, weil meine Uhr kaputt war. Als sie einmal nicht mehr ging, hatte ich sie auseinandergenommen. Zum Schluß blieben mir drei Rädchen übrig.

Im Jahr darauf aber war dieser vortreffliche Mann und Firmpate von einer halben Kompanie Buben nicht mehr unter den Lebenden. Ein Herzschlag hatte seinem Leben ein Ende gemacht.

Meine ersten Ferien

Dazu kam ich wie die Jungfrau zu einem Kind. Ich wußte nicht, daß mein Klassenlehrer dabei die Hand im Spiel hatte. Er hatte nämlich dem Wohlfahrtsamt der Stadt ein paar Kinder seiner Klasse melden müssen, die zu den Ärmsten der Armen gehörten. Das traf bei mir zu. Meine Mutter war gestorben, und mein Vater brachte mich und meinen Bruder gerade so recht und schlecht durch. Wir litten Hunger und von Ordnung war überhaupt keine Rede. Ich durfte also in den Ferien in ein Heim nach Schondorf am Ammersee. Das war im Jahre 1916, während des Ersten Weltkrieges. Mir war, als würde ich ins Paradies geschickt. Nur der Abschied von der Wurzi fiel mir ein bißchen schwer. Die Wurzi war so etwas wie meine Kinderliebe, ein Jahr älter als ich, schwarzhaarig, mit Grübchen in den Wangen. Sie half mir, den Pappkarton mit meinem bißchen Wäsche verschnüren, und begleitete mich auch zum Bahnhof.

»Daß du mir ganz g'wiß schreibst«, sagte sie und nahm meine Hand, die ich aus dem Abteilfenster hielt.

»Ja, ich schreib' dir. Vorausgesetzt, daß du mir treu bleibst.«

»Bis in alle Ewigkeit, Hansi.«

»Na ja. Aber wenn ich an den Bäcker Rudi denk' vom vorigen Jahr. Mit drei Tafeln Schokolad hat er dich mir ausgespannt.«

»Weil ich damals noch ned g'wußt hab', daß er Bettnässer ist.«

Dann fuhr der Zug aus der Halle, und die Wurzi winkte mir nach, bis ich sie nur noch ganz klein und

dünn wie ein Streichholz auf dem Bahnsteig stehen sah.

Kaum hatte der Zug die grauen Mauern der Stadt hinter sich gelassen, tat sich eine andere Welt für mich auf. Ich war noch nie so richtig aus der Stadt herausgekommen, und nun sah ich auf einmal das gewaltige, fruchtbare Bauernland an den Fenstern vorüberfliegen. Wogende Roggenfelder, weite, grüne Wiesen und dazwischen verstreute Bauernhöfe. In der Ferne stille Dörfer mit weißen Kirchtürmen, die sich wie erhobene Zeigefinger in den glasklaren Himmel streckten.

Schlagartig wurde mir bewußt, daß meine Ahnen väterlicherseits auch vom Bauernstand kamen. Der Vater meines Vaters hatte in Friedberg noch ein Bauerngütl mit sechs Kühen sein eigen genannt. Das hatte er dann verkauft und war in die Stadt gezogen.

Warum? fragte ich mich. Um Gottes Willen, warum nur? Ist mir durch die Verpflanzung meiner Großeltern in die Stadt nicht ein Paradies verloren gegangen? Hätten sie nicht bedenken müssen, daß vielleicht einmal einer ihrer Enkel wieder die Liebe zum Boden haben könnte, die Hände für den Pflug oder die Sense.

Dieser Gedanke hatte mich wie ein Sturmwind erfaßt und ließ mich nicht mehr los. Auch im Ferienheim nicht, das auf einem Hügel lag, mit weitem Blick über den See bis zu den fernen Bergen hin.

Insgesamt waren es vierzig Buben, über die ein Lehrer namens Rottler, ein noch junger, aufgeschlossener Mensch, die Aufsicht führte. Er hatte im Krieg seinen linken Arm verloren und trug eine Prothese. »Für Kaiser und Vaterland«, pflegte er zu sagen und lächelte dabei immer so eigentümlich, als ob er seinen Arm nicht gern für den Kaiser verloren hätte.

Ich konnte nicht verstehen, daß es unter den vierzig Buben einige gab, die schrecklich an Heimweh litten, die nachts in die Kissen weinten und im Traum nach ihrer Mutter schrien. Überhaupt schienen da ein paar irrtümlich unter die Armen geraten zu sein, wie zum Beispiel dieser Bacher Karli, der uns erzählte, daß hier die Ordnung zu streng sei und das Essen zu schlecht. Voriges Jahr sei er mit seinen Eltern in den Ferien in Meran gewesen. Das sei schon was anderes. Hier gäbe es ja nicht einmal Servietten und die Schuhe müsse man sich auch selber putzen und die Betten machen.

Am Ende dieser Woche, genau zum Sonntag hin, bekam er von seiner Mutter bereits ein Paket geschickt, mit einem Gesundheitskuchen, Schokolade und einer Kochsalami. Und da war dieser Kerl der irrigen Meinung, daß er das alles allein aufessen müsse.

Spät am Abend, als schon Bettruhe war, fragte ich über die andern Betten hinweg in die Dunkelheit hinein, ob seine Mutter nicht dazugeschrieben habe, daß er mit uns teilen solle. Der Karli sagte nein. Daraufhin fragte ich ihn, ob er das Gebot der Nächstenliebe kenne, das da lautet, du sollst deinen Nächsten sättigen wie dich selbst. Der Karli zweifelte zwar ein bißchen, ob das wirklich sättigen und nicht lieben heiße. Aber am nächsten Morgen verteilte er wenigstens die Salami.

Nach dem Frühstück machten wir jeden Tag einen Spaziergang in den nahen Wald. Dort mußten wir Kniebeugen machen und ganz tief einatmen. Der Herr Lehrer Rottler sagte, daß dies Ozon wäre und daß wir davon gar nicht genug in unsere jungen Lungen einatmen könnten. Dazwischen erzählte er uns kleine Geschichten, entweder vom Krieg oder vom Bauernleben, das wir ja nun ringsum selber erlebten, wenn wir die Augen offen hielten. Der Bauer, sagte er einmal, sei der unmittelbare Handlanger Gottes. Dazwischen stellte er auch Fragen, die dann oft falsch oder gar nicht beantwortet wurden. Einmal deutete er mit seiner Prothese auf ein wogendes Kornfeld hinaus und fragte:

»Was empfindet ihr Buben zum Beispiel beim Anblick so eines reifenden Kornfeldes?«

Niemand antwortete und niemand empfand etwas. Der Lehrer blickte fast traurig umher. Ich scheuchte eine Fliege von meinem Gesicht, da hat er gemeint, ich hebe die Hand und melde mich.

»Also du! Was empfindest du?«

Ich stotterte zuerst ein wenig umeinander. Dann hatte ich plötzlich eine Eingebung und antwortete laut und deutlich:

»Ich hab' das Gefühl, daß in den Ähren bereits das Brot ist, das wir im nächsten Jahr essen.«

Von diesem Tag an hatte ich bei dem Lehrer einen Stein im Brett, wie man so sagt. Ich genoß gewisse Freiheiten, durfte zum Beispiel zu dem benachbarten Bauern 'nübergehn und einen Krug Apfelmost für ihn holen. Auf dem Hof erlebte ich ungeahnte Seligkeiten. Ich durfte die Kühe streicheln und die Pferde, und es tat mir bloß bis in die Seele hinein weh, daß dies alles nicht auch die Wurzi erleben durfte.

Ich erwachte immer ganz früh am Morgen. Die andern schliefen noch tief, wenn ich auf den Balkon hinaustrat. Damals begriff ich noch nicht, daß die Frühe eines solchen Sommermorgens heilig sein kann. Ich atmete nur ganz tief durch und dachte, daß ich noch nie eine solche Luft geatmet hatte. Mit weiten

Augen sah ich auf die Wiesen hinunter, auf denen der Tau funkelte. Von einem der Bauernhöfe her hörte ich das feine Läuten des Sensendengelns und wußte noch nicht, was das war. Dann kam ein Mann aus dem Hof mit einer Sense auf der Schulter. Mit weiten Schritten ging er den Hof hinunter, stellte die Sense auf den Boden und wetzte sie. Dann holte er aus zum Schwung und mit einem leisen Rauschen fiel die grüne Mauer vor ihm zusammen.

Von fernen Kirchen läuteten Glocken. Mir war, als träfen sich alle Klänge mitten auf dem See zu einem gewaltigen Melodienreigen und die Wellen spülten sie im Echo an die Ufer.

Allmählich erwachte dann das Tagleben. Bauernfuhrwerke polterten auf rauhen Feldwegen dahin. Buntscheckige Kühe trotteten durch weitgeöffnete Stalltüren auf die eingezäunte Weide hinaus. Auf dem See ruderte ein Mann. Er holte die Netze ein, und eine Weile später erschien er vor dem Ferienheim, läutete am Tor und gab ein Netz voller Fische für die Küche ab.

Ein Bäckerbub kam mit dem Fahrrad, stellte einen Korb voller Semmeln vor die Türe und strampelte wieder davon.

Jawohl, solche Herrlichkeiten gab es dort noch, während in der Stadt der Hunger mit immer engeren Schritten um die Häuser zu gehen begann. Ach, das alles lag so fern. Mir war, als stürze das Licht einer viel schöneren Welt in mich hinein und erfülle mir Herz und Seele bis an den Rand. Alles war einfach anders, ohne daß ich es beim Namen hätte nennen können. Vielleicht war es ein Märchen oder gar das Paradies, aus dem ich wieder heraus mußte, in die Stadt hinein. Und das würde mich wahrscheinlich mit Schmerzen erfüllen. Dessen war ich mir gewiß.

Nach vierzehn Tagen fiel mir siedendheiß ein, daß ich ja der Wurzi versprochen hatte, ihr zu schreiben. An einem Nachmittag, als es nach einem Gewitter heftig nachregnete, setzte ich mich ein wenig abseits des Heimes in den Geräteschupfen und schrieb meinen ersten Liebesbrief.

»Meine innigstgeliebte Wurzi«, schrieb ich, strich es aber dann wieder aus und ersetzte es durch »Meine Teuerste Wurzi«, weil ich meinte, das klinge vornehmer.

Ich steigerte mich in Empfindungen hinein, die gar nicht zutrafen. Umfangreich schilderte ich ihr das Landleben, als wäre ich darin groß geworden. Von den Kühen schrieb ich ihr und von den Rössern, von denen ich demnächst eines reiten müsse. Die schönste Kuh im Stall heiße Laura und die habe ein Kälbchen geboren. Das Kälbchen saufe immer an den vier Strichen, welche die Kuh zischen den Hinterbeinen habe.

»Dieses Kälbchen, liebe Wurzi«, schrieb ich weiter, »erinnert mich sehr an Dich. Es hat so sanfte Augen wie Du und schaut manchmal recht dumm drei'.« »Dumm« strich ich wieder durch und setzte »sanft« darüber.

Ich meinte, was für einen schönen Brief ich geschrieben hätte und wunderte mich sehr, daß mir die Wurzi darauf nicht antwortete. Als ich dann nach vier Wochen wieder zurückkam, um fünf Pfund schwerer und braungebrannt, fuchtelte mir die Wurzi mit dem Brief vor der Nase herum und zischte mich an:

»Daß du mich mit einem Kaiberl vergleichst, das ist schon allerhand. Aber daß du auch noch teuerste Wurzi schreibst, das werd' ich dir nie vergessen, denn ich kann mich nicht erinnern, daß du je einmal für mich einen Pfennig ausgegeben hättest.«

Dann zerriß sie den Brief vor meinen Augen und warf ihn auf die Straße in eine Wasserlache.

Ich aber habe vierzehn Tage lang für den Bacher Karli die Schuhe geputzt und sein Bett gemacht, damit ich mir ein Briefpapier kaufen hab' können und eine Briefmarke für zwölf Pfennig.

Die Sommerfrischlerin

Eines Tages kam eine junge Frauensperson auf unseren Hof und fragte, ob sie nicht während der Semesterferien ein Zimmer mit Frühstück mieten könne. Da wir kurz vorher das elektrische Licht bekommen hatten, ging das schon. Im Zuhäusl droben konnte sie wohnen. Zimmer mit Frühstück pro Nacht eine Mark.

Der Oberknecht Bartl sagte, das sei Wucher, von so einem armen Hascherl für ein Strohsackbett und das bisserl Milch und Bauernbrot gleich eine Mark zu verlangen. Das Frühstück war allerdings schon reichlich. Es gab eine Kanne voll Milch, zwei große Stück Bauernbrot, viel Butter und sogar zwei weichgekochte Eier.

Das arme Hascherl war langbeinig, rotblond und durchaus nicht so arm, wie der Bartl meinte. Als ich ihr am zweiten Tag einen Kübel voll Wasser in ihr Zimmer hinauftrug, schenkte sie mir gleich zwanzig Pfennige. Sie sagte: »Vielen herzlichen Dank, junger Mann. Wie heißen Sie denn?«

»Hans«, sagte ich, »aber zu mir brauchst ned Sie sagn. Des is bei uns ned Brauch.«

»Na schön«, meinte sie und ob ich ihr nicht jeden Tag einen so großen Kübel mit frischem Quellwasser hinauftragen möchte, weil sie sich morgens und abends immer kalt wasche am ganzen Körper.

Gleich am ganzen Körper, dachte ich und fragte frech, ob ich da nicht einmal zuschauen dürfe.

Daraufhin schaute sie mich unter langen Wimpern heraus eine Zeitlang an, lächelte dann und sagte:

»So jung noch und schon so verdorben.«

Sie hieß Eleonore und war Studentin an der Akademie für schöne Künste. Sie hatte einen Haufen blütenweißer Blätter mitgebracht in einer Mappe. Mit dünnen Kohlestrichen zauberte sie eine Kuh auf das Papier, ein Kälbchen, den Hofhund, den Kopf des Bauern, den der Bäuerin und alle Köpfe, die es auf dem Hof gab. Keines von uns verstand, ob das Kunst war oder nur Spielerei. Aber es war schon Kunst, wie ich später begriff.

Meinen Kopf zeichnete sie auch, aber sie sagte ganz ungeniert zu mir, daß sie mich am liebsten nackt zeichnen möchte, weil ich so untadelig gewachsen sei. Nackt, vielleicht mit einem Stab in der Hand oder mit Pfeil und Bogen. Aber ich würde mir schon ein Feigenblatt um den Bauch binden, ein großes Feigenblatt, das die Unkeuschheit verdeckte. Kein Zweifel, diese Eleonore wollte mich verführen.

Blaß, sehr blaß war Eleonore gekommen. Aber nach vierzehn Tagen war sie braungebrannt wie eine Haselnuß, und sie bekannte freimütig, als wir eines Abends alle auf der Hausbank saßen, daß sie sich im Kahlschlag oben zwischen den hohen Himbeerstauden auszuziehen pflege und Sonnenanbeterin sei.

Betretenes Schweigen ringsum. Die Rosl war rot geworden bis unter die Haarwurzeln hinein und ich, der ich ja schon »verdorben« war, schwelgte in sehnsüchtigen Vorstellungen. Hernach, als sie weggegangen war, sagte die Bäuerin:

»Das ist vielleicht eine Schlampe.«

Der Bauer war da anscheinend nicht ganz ihrer Meinung. Er zwirbelte eine Weile an seinem Schnurrbart herum, und es kam mir gerade so vor, als verberge er ein

Lächeln hinter seiner Hand. Dann aber schaute er uns Knechte bedeutungsvoll an und sagte:

»Obacht gebn, Mander.«

Ich glaube aber, er hätte auf sich selber am meisten Obacht geben sollen, denn gerade er schielte ihr aus gesenkten Brauen heraus am längsten nach, wenn sie mit ihren langen Beinen, ein Lied vor sich hinsummend, über den Hof ging.

Ich weiß selber nicht, warum unsere Sommerfrischlerin immer am meisten mich für eine Unterhaltung suchte. Es war gerade so, als ob sie mich und mein Wesen studierte. Einmal sagte sie zu mir:

»Eigentlich bist du hier ganz fehl am Platz, Hannes.« (Sie sagte immer Hannes zu mir und nicht Hans.) »In dir schlummern ganz andere Fähigkeiten, ich beobachte dich schon die ganze Zeit. Mußt du denn wirklich dem Bauern den Trottel machen und dich vierzehn Stunden am Tag abschinden, für lausige vier Mark in der Woche. Mittelknecht nennt man dich. Was ist denn das schon?«

Ich zuckte hilflos mit den Schultern. Darüber hatte ich überhaupt noch nie nachgedacht. Mittelknecht war immerhin schon mehr als Unterknecht, und wenn alles seinen geordneten Lauf nahm, konnte ich in ein paar Jahren Oberknecht sein und fünf Mark in der Woche haben. Schließlich versuchte ich Eleonore zu erklären, daß es mir weniger um den Bauern ginge, sondern um den Boden, dem ich verhaftet sei.«

»Ja, wenn es dein eigener Boden wäre«, sagte sie.

»Vielleicht komme ich einmal zu Grund und Boden, wenn ich eisern spare.«

»Mit vier Mark in der Woche?«

Ich schaute sie lange an. Sie hatte mich verwirrt mit

ihren Festellungen. Aber was half es denn. Ich war ja in der Stadt, und es hatte mich mit Gewalt aufs Land getrieben. Das mußte von den Ahnen her im Blut liegen. Das versuchte ich Eleonore zu verdeutlichen und fügte dann noch hinzu:

»Ich bin eigentlich froh, daß ich hier bin, denn sonst wäre ich dir nie im Leben begegnet.«

»Und das macht dich froh?«

»Ja, weil man sich mit dir so gut unterhalten kann. Du bist so furchtbar g'scheit, Eleonore.«

»Du auch. Du weißt es bloß nicht. Ich denke soviel über dich nach, Hannes. Du bist anders wie die andern hier am Hof. Und – die jungen Menschen suchen so selten mehr die Seele bei einer Frau.«

Suchte ich sie denn? O ja, ich glaube schon. Aber wo hätte man bei einem jungen Mädchen die Seele suchen sollen? Die verstecken sie oft so gut, daß man sie einfach nicht finden kann. Sie lenken einen auch nur zu gerne ab von dieser Inventur.

Diese Eleonore war um fünf Jahre älter als ich. Sie war ein Wesen von so seltener Harmonie, daß ich sie am liebsten Mutter genannt hätte, soviel Güte und Verständnis strahlte sie aus. Auf alle Fälle war sie keineswegs das, was die Bäuerin sie geheißen hatte. In ihr vereinigte sich Kultiviertheit und Disziplin in seltenem Maße. Wir führten oft tiefschürfende Gespräche, und sie vermittelte mir Kenntnisse, die mir bisher fremd gewesen waren. Das war auch der Grund, warum ich ihr nicht den üblichen Schmus hindrehen konnte, daß ich von ihr geträumt hätte usw.

Einmal saßen wir in der Tiefe des Apfelgartens, auf dem Bankerl neben der Straße, wo in der Früh' immer die vollen Milchkübel abgestellt wurden. Eine warme Nacht mit flimmernden Sternen und einem Mond, der sein Silberlicht durch das Blättergewirr schob. Ich durfte ihre Hand halten und wollte sie gerade fragen, was sie denn tun würde, wenn ich unvermittelt einmal zum Himbeerschlag hinaufkäme, als sie mir meine Frage aus dem Mund nahm und zielsicher erklärte:

»Schau, Hannes, ich weiß, was in dir vorgeht. Ich könnte dich leicht verführen. Aber ich will gar nicht. Erstens würdest du mir das viel zu leicht machen, und zweitens bin ich bereits verlobt, werde im Herbst heiraten und dann nach Amerika gehn. Und jetzt paß auf, was ich dir sage. Verliere dich nie in Halbheiten, denn mit Halbheiten verlierst du doch bloß jedesmal ein kleines Stückchen deines Herzens und bist dann für das Große nicht mehr empfänglich.«

Mir war auf einmal ganz weh zumute. Es war mir, als hätte meine Mutter zu mir gesprochen. Ich fühlte ihre Hand, die auf meinem Haar lag und spürte ihre Lippen auf meiner Stirn, die so kühl waren, wie ein Rosenblatt im Tau. Aber ich hatte nicht mehr den Mut, sie auf den Mund zu küssen. Und gerade darauf hatte ich es doch von Anfang an abgesehen.

Als Eleonore einige Tage später den Hof verließ, wurde für mich alles öd und leer. Nicht einmal der Kuckucksruf zu früher Morgenstunde aus dem nahen Wald konnte mich erheitern, obwohl er schön und verheißungsvoll klang, rein und ungebrochen, wie ein Glockenschlag aus der Dorfkirche.

Ich wollte Eleonore zum Abschied mein Taschenmesser mit den sieben Klingen schenken. Und das hätte sie beinah zum Weinen gebracht. Ganz feucht waren ihre Augen, als sie mit verschleierter Stimme sagte:

»Aber das brauchst du doch selber, du lieber, guter Bub.«

Dann küßte sie mich leider bloß wieder auf die Stirne. Aber die Bäuerin hatte das vom Küchenfenster aus gesehen und sagte hernach zu mir:

»Du bist ja ein sauberes Früchterl. Höchste Zeit, daß die aus dem Haus kommt. Die hätt' dich noch rumkriegt, wenn sie dich ned überhaupt rum'kriegt hat. Am nächsten Sonntag gehst mir zum Beichten.«

Dann ging sie ins Zuhäusl hinüber und riß alle Fenster weit auf, damit die »Sünde« hinausziehe in die frische Luft. Zum Beichten ging ich natürlich nicht! Wozu auch? Ich hätte eher beten mögen, zum Dank, daß mir so ein sauber gefertigtes Menschenkind begegnet ist. Die Eleonore – mein Taschenmesser hat sie nicht nehmen wollen, aber mir schenkte sie zwei Bücher zum Abschied, wahrscheinlich unter der Voraussetzung, daß ich mich daran bilden und daß ich sie verstehen solle.

Das eine hieß: »Der Hochwald«, von Stifter und das andere: »Lady Hamilton oder Lord Nelsons große Liebe«.

Und ich verstand sie. »Der Hochwald« lehrte mich das Geheimnisvolle der Natur bis in die kleinsten Regungen hinein. Waldrauschen war mir bis dahin nichts anderes, was es für tausend andere auch war. Nun war es für mich eine Sprache geworden. Der Wald rauscht nicht von allein. Dazu braucht es den Wind. Der Wind aber kommt von den Sternen her. Ja, und der Wind erzeugt dann in den Baumkronen und Tannenwipfeln eine brausende Melodie, als spiele ein unsichtbares Orchester eine Sinfonie von unerhörter Schönheit.

Das zweite Buch, die »Lady Hamilton«, erschütterte mich bis in die Tiefe meines Herzens hinein, nicht des Inhalts wegen allein, sondern mehr das Erkennen, wozu ein begnadetes Menschenleben da sein kann, das durch die Gewalt und Schönheit des Wortes ein Herz so bewegen kann, daß es nach hundert Jahren noch glühend ist und vielleicht meine Enkel noch erschüttern wird. Auch geschichtlich hat mich dieses Buch auf Wege gewiesen, die ich bisher nicht kannte. Beeindrukkend für mich war auch die Liebe dieser Frau zu Lord Nelson. Gab es denn wirklich so etwas Grandioses? Ob ich jemals die Größe einer solchen Liebe erfahren würde? Wohl kaum. Dazu war meine Welt zu eng begrenzt und mein Leben zu sehr den Gesetzen der Jahreszeiten untergeordnet.

Am Hof schüttelten sie den Kopf, weil ich soviel las. Bücher waren im Leben meiner Bauersleute ein unnötiger Ballast. Man beschwere sich bloß den Kopf damit und habe ihn dann nicht mehr voll bei der Arbeit. Ein Knecht mußte nach ihrer Meinung auch noch mit dem Hirn anschieben, damit er sein Soll erfülle. Den Bauern interessierten im Tagblatt höchstens die Viehpreise, und die Bäuerin las vielleicht im Altöttinger Liebfrauenboten die Lebensgeschichte des heiligen Konrad wohl schon zum zwanzigstenmal und betete auch zu ihm, daß er seine schützende Hand über Stall, Haus und ihre Familie halte.

Daß er sie auch über mich halten solle, darum betete sie sicherlich nicht. Im Gegenteil, zu mir sagte sie einmal: »Für dich wär's auch besser, du tätst stricken lernen, anstatt so viel zu lesn.«

Ich war so unvorsichtig, ihr zu antworten, daß man gar nicht genug lesen könne, weil das Lesen bilde.

Zunächst starrte sie mich an, als hätte ich ihrem heiligen Bruder Konrad einen Schimpfnamen gegeben. Dann deutete sie mir ihrem Finger an die Stirn, was mir wohl sagen sollte, daß ich spinne. »Zu was braucht denn ein Bauernknecht eine Bildung? Mir habn auch keine gelernt.«

Womit sie allerdings recht hatte. Ich aber ließ mich nicht drausbringen. Ich las wie ein Besessener und was mir in die Hände kam. Dadurch lernte ich Schund von wirklicher Kunst unterscheiden. Ich spürte, daß sich in mir wieder einmal eine Wandlung vollzog, spürte auch mit schmerzlicher Erkenntnis, daß mir ein Mensch fehlte, mit dem ich mich hätte aussprechen können, über Bücher oder über das Leben selber. Mir fehlte halt eine Eleonore oder irgendein anderer guter Mensch. Aber wo war er? Man muß in Geduld auf ihn warten. Oder soll man ihn suchen gehn? Aber wohin denn?

Und so glitt ich in tiefe Einsamkeit, die mich bis in die Pflugsterzen hinein verfolgte, wenn die blanke Schar lautlos durch die Erde glitt.

Das erste Herzklopfen

Einmal hatte ich Erde gerochen, draußen in einem Dorf am Ammersee. Hatte wogende Roggenfelder gesehn und den silberschimmernden Tau auf den Gräsern in der Morgenfrühe und überhaupt so viel Überwältigendes, was mein Gemüt anrührte, daß alles um mich her in der Stadt keinen Reiz und keine Bedeutung mehr hatte. Vielleicht war es auch mein *Eidolon*, mein zweites Ich sozusagen, das mir immerzu einflüsterte, daß ich mein Schicksal nun endlich in die Hand nehmen müsse und mein Leben in eine andere Richtung lenken solle. Vielleicht war es auch der Blutstrom, der mich nach einem Jahrhundert wieder aufs Land verwies, denn meine Ahnen waren ja einst Bauern gewesen.

Jawohl, Bauer wollte ich werden. Aber da muß man auch, wie in jedem Beruf, klein anfangen, muß sozusagen die Leiter erklimmen. Auf der ersten Sprosse steht der Roßbua, dann kam der Drittknecht, der Unterknecht, dann der Oberknecht, und wenn einer Glück hatte, konnte er auch Baumeister werden. Das war dann schon so etwas wie das Abitur im Bauernleben. Wenn so ein Baumeister Glück hatte, konnte er vielleicht in einen Hof einheiraten, wo bloß Töchter da waren. Dann war er Bauer.

Ich verdingte mich also auf ein großes Gut, weit außerhalb Münchens, als Roßbua. Da standen zehn Rösser im Stall und vier Ochsen. Ochsen sind – wer es nicht wissen sollte – die kastrierten Ehemänner der Kühe. Da stand ich also nun auf der untersten Sprosse und schielte hinauf auf die letzte. Bis ich da oben angelangt war, da konnten noch viele Jahre vergehn. Wenn ich aber Baumeister war, dann konnte ich in einen Hof einheiraten. Die Bäuerin müßte nicht gerade eine große Schönheit sein, durfte auch einen kleinen Kropf haben und O-Beine. Hauptsache, ich war dann Bauer. Ja, so waren meine Gedanken damals, als ich aus dem Knabenalter herauswuchs, schon ein bißchen ins Männliche hinein.

Die Liebe selber war mir ja noch fremd. Allerdings, was ich da so hörte, am Abend, wenn wir in der großen Gesindestube unseren Feierabend verbrachten, nach vierzehn oder fünfzehn Stunden Arbeitstag, da wurde viel geredet unter den älteren Knechten, die alle schon ihre Erlebnisse gehabt hatten. Es ging oft hübsch derb zu, und die Mägde kicherten dann oder bekamen rote Köpfe. Ich aber spitzte die Ohren, daß mir nichts auskam, was die Weiber betraf. Manchmal wurde mir ganz eng um die Brust, das Herz schlug heftig, und dann spürte ich Hitze aufsteigen in mir, daß ich meinte, es zerreiße mir den Kopf. War ich etwa bereits in die brunftigen Jahre gekommen, wo man sich zu sehnen beginnt nach jenem Ungewissen, das nur vom andern Geschlecht erfüllt werden kann? Dann war es also höchste Zeit, daß ich erlöst wurde von dem Herzklopfen und von den Hitzewellen im Blut.

Auf dem Gut war auch ein Hausmädchen, das nur für die Herrschaft da war. Sie hieß Rosemarie, war schmal und zierlich und wackelte immer verführerisch mit dem Hinterteil, wenn sie über den Hof ging. Manchmal steckte sie mir ein paar Leckerbissen aus der Herrschaftsküche zu. Daraus schloß ich, daß sie in mich verliebt sei, und ich nahm die Sache so tiefernst, daß ich meiner Kinderfreundin, der Wurzi, einen Brief schrieb und sie fragte, ob sie mich freigäbe.

Eines Abends saß ich wieder einmal am Ufer der Amper. Im Nebenzimmer des Gasthauses über der Brücke probte ein Männergesangverein das Lied »Rosemarie«. Immer wieder begannen die Männer von vorne, bis es dann fehlerfrei und klangschön durch die tiefe Dämmerung über die Amper herüberkam.

»Rosemarie, Rosemarie,
sieben Jahr mein Herz nach dir schrie.
Rosemarie, Rosemarie,
aber du hörtest es nie.«

Das Lied wühlte mich bis in die Seele hinein auf, und ich gab mich einer ganz weltfernen Träumerei hin, die von Ewigkeit her schon der wunderbare Besitz der Jugend ist. Das große Herzklopfen war wieder da. Ich wanderte die Amper entlang, und es wurde mir immer schwermütiger ums Herz, weil niemand da war, an den ich mich hätte lehnen können, der mich erlöst hätte von all meinem Jammer.

Dann zog ich mich in meine Kammer über dem Roßstall zurück und schrieb an unser Hausmädchen.

»Rosemarie, Rosemarie,
sieben Wochen mein Herz nach Dir schreit,
Rosemarie, Rosemarie,
aber Du bist oft so weit.
Ich tät' Dich so notwendig brauchen
und wär' es bloß zum Anhauchen . . .«

Noch allerhand so unsinniges Zeug schrieb ich dazu. Die Feder lief wie von selber in meiner Hand. Alles, was ich fühlte und spürte, schüttete ich in den Brief hinein. Ich schrieb auch, daß ich oft von ihr träume, daß ich einen Kranz aus lauter Sternblumen um ihre Stirne winden möchte und ob sie meine, daß ihr Mund bloß zum Essen und Trinken allein da sei. Und wie das bei ihr sei, ob ihr auch das Herz oft so heftig pumpere. Dann mache ich ihr den Vorschlag, daß wir es zusammen schlagen lassen. Das müsse doch einen wunderbaren Klang geben.

Den Brief wollte ich ihr bei der ersten günstigen Gelegenheit zustecken. Diese Gelegenheit ergab sich schon am andern Tag, als sie mit einem Korb voll Eier über den Hof zum Herrschaftshaus hinüberging.

Nein, wie sie wieder mit dem Hintern wackelte. Und die kleinen Paradiesäpfelchen erst. Wie sie die gerade herausstreckte. Ich begann zu schwitzen und dachte, ob ich diese Brüsterln einmal streicheln dürfte. Auf einmal blieb sie stehen und drehte sich mir zu.

»Du, Hansi«, sagte sie und schaute mich mit ihren tintenblauen Augen an. »Könnt' ich dich vielleicht am Abend einmal sprechn?«

»Ja, ohne weiteres«, antwortete ich erwartungsfroh.

»Kannst vielleicht, wenn die Dämmerung kommt, bei der Amperbrücke auf mich warten. Ich muß dich nämlich was fragn.«

»Rosmarie, auf mich kannst dich verlassn. So fest, wie der Baum auf seine Äst'.«

»Ja, das weiß ich, Hansi. Drum bin ich ja auf dich 'kommen.« Sie schaute sich ein bißchen um und steckte mir dann schnell zwei Eier zu. Da muß man mit einem Nagel hineinstechen und das Ei dann austrinken. Das verleihe Mannesstärke, hat mir der Loisl, der Oberknecht, einmal gesagt, als wir unversehens im Heuboden ein Hühnernest gefunden hatten.

Ich ging den ganzen Tag wie in einer leichten Verwirrung umher. Denn was könnte mir die Rosmarie schon anderes zu sagen haben, als daß sie mich liebe. Ich war also voller Erwartung und dachte nach, wie das damals bei der Wurzi mit den ersten Küssen gewesen ist. Natürlich wollte ich mich nicht blamieren und dachte auch daran, daß man beim Küssen mit dem Knie ein wenig zwischen die Knie des Mädchens geraten müsse. Das hat mir auch der Lois gesagt, auch daß man die Mädchen mit dem Daumen ein bißchen ins Kreuz drücken müsse, weil sie dann biegsamer würden.

Noch nie vergingen die Stunden so langsam wie an diesem Tag. Ich richtete hinter den Pferden nochmal die Streu und schaute immer wieder zum Stallfenster hinaus, ob denn die Dämmerung noch nicht da sei.

Endlich war es dann so weit. Ich wusch mich nochmal und spritzte mir etwas von dem Rasierwasser des Lois auf die Haare. Dann ging ich.

Kaum war ich bei der Brücke, da kam die Rosmarie auch schon. Und wie sie so auf mich zuging, da dachte ich, daß ich ihr auch etwas über ihren schwebenden Gang sagen müsse. Ja, sie schwebte direkt auf mich zu. Natürlich konnten wir nicht auf der Brücke stehen bleiben. Wir schlüpften unter sie und saßen dann im warmen Ufergras nebeneinander. Sie steckte mir ein Stück Zervelatwurst zu und sagte:

»Du riechst aber heut gut. Mußt du dich auch schon rasieren, Hansi.«

»Schon lang«, log ich und biß ein Stück von der Zervelatwurst ab. Ich dachte, daß ich ihr meinen Brief heimlich in den Kittelsack stecken könnte. Da sagte sie:

»Weißt, Hansi, ich hab' mir denkt, weil du aus der Stadt bist und eine ganz andere Schulbildung hast wie ich, ob du mir ned helfen könntst, einen Brief zu schreibn.«

»Wenn es weiter nichts ist«, sagte ich und biß wieder von der Wurst ab. Sie schmeckte ein bißchen nach Paprika und Knoblauch. Auch nicht gerade das richtige für die folgenden Küsse, dachte ich.

»Ich bin nämlich schrecklich verliebt«, sprach sie weiter, »und sagn kann man ned alles so, drum möcht' ich es schreiben.«

»Mir geht's doch genauso«, begann ich und wollte schon nach meinem Brief greifen, als sie mir verriet:

»Dir darf ich's ja sagn, Hansi. In den Gesellen vom Sattlermeister Übelherr bin ich verliebt. Und wenn du mir da helfn könntest, einen richtigen Liebesbrief zu schreibn, dann wär' ich dir sehr dankbar.«

Es stürzte zwar keine Welt in mir zusammen, aber ich war doch sehr ernüchtert, brauchte ihr jetzt nichts mehr über ihren schwebenden Gang zu sagen und mit meinem Knie brauchte ich auch nichts mehr anzufangen. Aber ich versprach ihr zu helfen. Sie müsse mir nur sagen, wie der Sattlergeselle heiße.

»Andreas«, hauchte sie.

Und siehe da, es fiel mir eigentlich gar nicht schwer, so einen Brief zu schreiben. Es war mir, als hätte ich eine neue Ader in mir entdeckt. Ich konnte mich da auf einmal in die Seele eines anderen Menschen hineindenken, als erlebe ich die Empfindungen und Sehnsüchte in mir selber. Besonders stolz war ich auf den Satz:

»Mich dürstet nach Deiner Liebe, wie den Hirsch nach der Wasserquelle, wenn er waidwund geschossen ist.«

Übrigens antwortete mir die Wurzi auf meine Bitte, mich freizugeben, daß sie gar nicht daran dächte. Ich solle ihr lieber ein Stückl Geräuchertes schicken und etwas Butter, weil sie immer Hunger habe und sie mir sonst nicht weiterhin treu bleiben könnte.

Ich schickte ihr dann ein halbes Pfund Butter. An Rauchfleisch konnte ich nicht herankommen. Ich schrieb ihr auch, daß meine Bitte um Freigabe gar nicht ernst gemeint war, sondern daß ich sie nur auf die Probe stellen hab' wollen. Ich liebe sie nach wie vor, schrieb ich, und brachte in diesem Brief auch das vom waidwund geschossenen Hirschen wieder an. Weil mir das so gefiel.

Die Rosmarie muß nicht dicht gehalten haben, denn bald darauf kam auch die Kathl, die Großmagd, und fragte mich, ob ich ihr nicht auch so einen Brief aufsetzen könne, an den Postillion von Fürstenfeldbruck.

Dann kam auch der Unterknecht mit solch einem Ansinnen und schließlich auch der Oberknecht. Ich schrieb für jeden und jede und überall verwendete ich den Satz von dem Hirschen. Der waidwunde Hirsch war irgendwie eine Zugnummer, der sprach direkt zu den Herzen.

Schließlich wollte ich aber meinen Geist nicht immer für andere anstrengen und verlangte dann pro Liebesbrief zwanzig Pfennige.

Das war sozusagen mein erstes Dichterhonorar.

Mein erstes Fahrrad

Ich hatte gerade die Raten für meine Lederhose abgestottert und schon richteten sich meine Augen auf ein neues Objekt. Die Tochter meines Bauern hatte ein neues Fahrrad bekommen, weil sie einundzwanzig Jahre alt geworden war. Als ob so was ein Verdienst sei und des Belohnens wert wäre. Ich sah mir das Fahrrad in allen Teilen immer wieder an, durfte es sogar einmal probieren.

»Aber bloß bis zur Straß' 'nunter und wieder z'ruck«, sagte die Rosa. Sie hatte offenbar Angst, daß ich irgend etwas beschädige, weil sie noch hinzufügte: »Wenn was kaputt geht, zahlst es du.«

Es ging nichts kaputt, aber es ging mir auch nicht mehr aus dem Kopf. Wie sollte ich nur zu einem solchen Fahrrad kommen, noch dazu wo der Bauer sagte, daß es hundrt Mark gekostet habe.

Eines Tages mußte ich mit den zwei Braunen in die Schmiede, um sie beschlagen zu lassen. Dort sah ich ein gebrauchtes Fahrrad an der Wand lehnen, und der Schmied erzählte mir, daß es um fünfzig Mark zu verkaufen wäre. Das Fahrrad hatte zwar noch keinen Freilauf, aber eine Luftpumpe war dabei und eine Karbidlampe.

Ob mir der Bauer vielleicht wieder einen Vorschuß gab wie damals bei der Lederhose? Nein, diesmal winkte er sofort ab, und diesmal hatte auch die Bäuerin kein Verständnis für mein Begehren, denn es war in ihren Augen ein himmelschreiender Hochmut, wenn ein Knecht sich einbildete, er müsse Besitzer eines Fahrrades sein. Der Bauer sagte sogar noch:

»Mit dem Vorschuß is' des so a Sach. Wia i' dir den letztn 'gebn hab', für d' Lederhosn, da ist's mir grad vorkemma, als wenn dir d' Arbeit nimmer so von der Hand 'ganga wär'.«

Ich hatte aber zu dieser Zeit schon begonnen, meinen eigenen Willen durchzusetzen. An diesem Abend noch ging ich zum Schmied und schlug ihm vor, das Fahrrad auf Raten abzubezahlen, wöchentlich zwei Mark.

Erfreut war er darüber nicht. Er schaute mich lange an und rechnete dann:

»Das wärn dann fünfundzwanzig Wochen. Und wer garantiert mir dafür, daß du nach zwei Wochen mit dem Radl ned schon abhaust?«

Ich sagte, daß ich ihm mein Ehrenwort gebe, nicht abzuhauen, worauf er dröhnend zu lachen begann. Aber vielleicht taten es ihm dann doch meine blauen Augen an und die Treuherzigkeit in meinem Blick, daß er schließlich einverstanden war. Ich müsse ihm nur einen Vertrag unterschreiben, den er gleich aufsetzte und der folgendermaßen lautete:

> Der Liedegger Hans, Knecht beim Bauern
> in Zell, kaufte mir für fünfzig Mark ein
> Fahrrad Marke Adler ab und zahlt für
> selbiges in der Woche zwei Mark.

Der Vertrag hätte ihm gar nichts genützt, denn er hatte ja den Namen meines Bauern Liedegger eingesetzt und nicht den meinen.

Der Bauer war wütend, daß ich auch ohne ihn zu einem Fahrrad gekommen war. Ich aber war so verliebt in mein Radl, daß ich am liebsten mit ihm geschlafen hätte. In jeder freien Minute putzte und fummelte ich daran herum, obwohl es deshalb auch nicht schöner wurde. Es war eben doch ein gebrauchtes Fahrrad, und ich verlor ein wenig die Freude daran, als ich so hintenherum erfuhr, daß es der Schmied einer armen Witwe für zwanzig Mark abgekauft und es nur ein bissl mit schwarzem Lack angestrichen hatte.

Aber mein Interesse wurde schon wieder von was anderem gefesselt. Es war von der Gemeinde mit den Überlandwerken ein Vertrag geschlossen worden, daß das Elektrische hergeleitet würde, daß aber der jeweilige Grundstücksinhaber die Löcher für die Masten selber graben müsse. Dreiundzwanzig Löcher, einsachtzig tief, mußten wir graben. Dann wurde der Draht gespannt, und es war abzusehen, zu welchem Zeitpunkt man im Stall und Haus nur an einem Schalter zu drehen brauchte, dann würde Licht brennen, und die alten Petroleumlampen hatten dann ausgedient.

Mit dem zukünftigen Strom kamen auch eine Anzahl Monteure von den Überlandwerken ins Tal. Sie wohnten meistens bei den Bauern. Die beiden uns zugeteilten Monteure bekamen im Zuhäusl ein Zimmer. Der eine war schon ein älterer, ganz ruhiger Mensch, der andere war jung, schwarzhaarig und verwegen. Er hieß Franzl und er ging gleich auf die Tochter meines Bauern, die Rosl, los wie die Feuerwehr. Die Rosl war auch gar nicht abgeneigt, ihre Glut von ihm löschen zu lassen, denn er war immerhin Facharbeiter und kein Knecht. Aber am zweiten Tag kam der Bauer schon dahinter, und die Rosl mußte dann im Zimmer der Eltern schlafen, bis die Gefahr vorüber war.

Der Franzl lächelte nur darüber und sagte, recht viel wär' mit der Rosl sowieso nicht anzufangen gewesen, denn die erzählte ihm stets nur von den Kühen und

Ferkeln und daß die Rodeländer Hühner besser wären im Eierlegen als die italienischen. Bei den Italienern sei nur der Gockel frecher und spritziger.

Mit dem Franzl schloß ich Freundschaft. Ihm lieh ich auch mein Fahrrad, weil er dreißig Kilometer weit weg, wo sie vorher gearbeitet hatten, ein Mädchen kannte, das auf ihn wartete. Zweimal in der Woche fuhr er dorthin, und er bezahlte mir jedesmal eine Mark Leihgebühr.

Ja, ja, der Franzl war ein Hund, wie man so sagt. Von ihm erfuhr ich manches über das andere Geschlecht. Er wußte auch um die Schonzeiten der Mädchen. »Alle vier Wochen«, sagte er, »do wollns' eahna Ruah.« Nur eines wußte er nicht, wie es sich mit dem Kammerfensterln verhält, und er fragte mich, ob ich da Bescheid wüßte.

Natürlich kannte ich mich da aus. Ich gab auch ein bißchen an und tat so, als sei mir kein Kammerfenster in der weiteren Umgebung unbekannt. Dann nahm ich ihn einmal mit. Wir fuhren zu zweit auf meinem Rad, und der Franzl war hernach begeistert von dem nächtlichen Erlebnis. »So was kennt man halt in der Stadt leider nicht«, bemerkte er.

Ich fuhr nur einmal mit ihm, dann ging er fast jeden Abend allein auf die Pirsch.

Nachtmontage nannte er das.

Zum Abschied schenkte mir der Franzl ein Taschenmesser, perlmutterbesetzt, mit sieben Klingen. Seine Adresse in München gab er mir auch, und ich sollte ihn einmal besuchen. Dazu kam ich aber nicht, denn die Heuernte hatte begonnen. Ich schrieb ihm, daß ich ihn vielleicht zum Oktoberfest besuchen werde.

Aber eines Tages, als das Korn schon ganz weiß in

den Spitzen wurde und man schon das Brot riechen konnte, kam an einem Vormittag ein Mädchen am Ackerrand dahergeschritten und fragte nach mir. Ich kannte sie nicht und war mir keiner Schuld bewußt. Sie wollte auch weiter nichts von mir als nur die Adresse vom Franzl. Die brauche sie unbedingt, weil –. Sie fing plötzlich zu weinen an und brachte endlich unter Schluchzen und Stottern heraus, daß bei ihr was passiert sei. Und da sei eben der Franzl schuld und kein anderer. Das könne sie beschwören.

»Und wie kommst du da ausgerechnet auf mich?« fragte ich.

»Weil er viel von dir erzählt hat und daß du ihm dein Fahrrad geliehen hast, damit er zu mir hat kommen können.«

»Aha«, sagte ich. Sie erbarmte mich wirklich. Auswendig wußte ich Franzls Adresse auch nicht, aber ich versprach dem fremden Mädchen, daß ich ihm schreiben werde.

Ich tat es auch und drechselte das Wichtigste so, daß jenes Mädchen, er wisse es schon, blond sei sie und ein bißchen mollig, daß also dieses Mädchen über diese gewisse »Schonzeit« hinausgekommen sei, und er werde ja wissen, was das zu bedeuten habe.

Ich bekam keine Antwort auf meinen Brief. Und das Mädchen wahrscheinlich auch nicht.

Mein Fahrrad wurde mir dann allerdings gestohlen, als ich im Nachbarsdorf einmal ans Kammerfenster ging. Bezahlt aber war es noch nicht ganz.

Kammerfensterln

Es wird so viel übers Kammerfensterln geredet und geschrieben, daß ich manchmal lachen muß über soviel Unsinn. Vorweg sei gleich gesagt, daß es heute das richtige Kammerfensterln gar nicht mehr gibt, denn die Romantik ist gestorben wie die Angst, die man damals vor fünfzig und mehr Jahren hatte, wenn man sich an einen Hof heranschlich und pochenden Herzens ins Dunkel starrte, ob da nicht einer oder mehrere aus dem Dunkel heraussprangen und mit Holzscheiteln nach einem warfen. »Heimscheiteln« nannte man das. Einmal habe ich das erlebt und acht Tage lang einen blauen Binkel auf der Stirn gehabt wie ein Kainszeichen.

Heute fährt so ein junger Mann – wer hat heute im Zeichen des Wirtschaftswunders keinen Wagen? – in den Hof hinein, daß die Hühner kreischend auseinanderrennen, und hält knapp vor der Haustüre. Dann sitzt er gemütlich in der Stube, wird bewirtet und erzählt von seinem Wagen. 180 Spitze, wird gelogen. Denn wo kann man auf Bauernstraßen mit den vielen Kurven schon 180 fahren, zumal die Bauernsöhne meist einen Diesel haben, der nicht so schnell fährt. Aber billiger, weil man Heizöl druntermischen kann.

Nach den Abendnachrichten geht der Bauer dann meistens ins Bett. Die Bäuerin aber schaut sich im Fernsehen den Krimi »Der Alte« an und merkt gar nicht, daß die Tochter mit ihrem Schorschl längst verschwunden ist, in die Kammer hinauf. Die Kammer ist heutzutage oft gar keine Kammer mehr, sondern ein modernes Mädchenzimmer mit dreitürigem Schrank,

Schlaraffiamatratzen und seidenen Steppdecken. Es ist aber, Gott sei Dank, nicht überall so. Auf manchen Bauernhöfen gibt es schon noch die alte Mädchenkammer mit eintürigem, schön bemaltem Kasten, Truhe und Bettstatt ebenso bemalt, mit Blumen und sinnigen Ornamenten und vielleicht auch noch mit einer Jahreszahl versehen.

Was war das für ein herrlicher Anblick, so eine Mädchenkammer mit alten Möbeln. Das Bettzeug war hochgewölbt mit blau- oder rotkarierten Überzügen und auf dem Bretterboden ein Fleckerlteppich. Neben dem Bett war ein Stuhl, auf den das Mädchen ihre Strümpfe und sonstige Wäsche legen konnte, wenn es ins Bettchen geht. Das Fenster mit Eisenstäben gesichert, daß keiner durchschlüpfen konnte. Man war halt vor fünfzig Jahren noch mehr auf die Moral bedacht als heute. Mich wundert es bloß, daß es damals auch schon ledige Kinder gegeben hat. Aber damals wußte man noch nichts von einer Pille. Heute hat auch so ein Bauernmädchen ihre Pille im Nachtkastl oder der Bursch bringt eine mit, die er seiner Schwester daheim aus dem Nachtkastl genommen hat.

Natürlich bin ich auch ans Kammerfenster gegangen. Man möchte manchmal traurig werden, wenn man an die versunkene Zeit denkt, in der es noch soviel Romantik und Verzauberung gab.

Es wäre zwar gelogen, wenn ich sagen würde, nur wegen der Romantik ans Kammerfenster gegangen zu sein. Auch ich bin zwei Stunden und mehr durch die Nacht gelaufen, bevor ich ein Radl hatte. Ich war ja jung und voll drängender Erwartung auf das Kommende und voller Hoffnung, daß man erlöst wurde.

Zuerst mußte man lange warten, bis im Haus alles dunkel war. Wenn ein Hund da war, dann nahm man am besten ein Stück Wurst mit. Damit konnte man so einen Köder lammfromm stimmen, sofern es nicht gerade ein dressierter Hund war. Aber wenn man das Mädchen schon länger kannte, wußte sie auch, in welcher Nacht man ans Kammerfenster kommen würde, dann sperrte sie den Hund in den Stall.

Dann holte man sich im Schupfen eine Leiter, sie sollte möglichst nicht zu lang sein, und lehnte sie unters Fenster. Noch besser war es, wenn man sich an der »Laabn« (Balkon) hinaufhanteln konnte. Da hatte man dann einen viel besseren Stand und brauchte keine Angst zu haben, daß einem jemand die Leiter forttrug. An das Fenster zu klopfen, war gar nicht ratsam. Das machte zuviel Lärm.

Am besten war es, wenn man die Fingerspitzen mit der Zunge naß machte und damit am Fenster auf und abfuhr. Das gab ein durchdringendes Geräusch in die Kammer hinein, als ob ein Kater seine Liebesnot durch die Nacht jaulte.

Es gab Mädchen, die beim ersten schrillen Ton gleich aus dem Bett sprangen, ans Fenster eilten und es öffneten. Natürlich wußte jede, was man wollte, aber manche tat dann so, als wisse sie es nicht. Oder sie sagte:

»Heut hätt' ich dich eigentlich gar ned erwartet.«

Oft waren die Fensterstangen so eng gesetzt, daß man mit dem Kopf nicht durchkam und man sich gar nicht richtig küssen konnte. Wenn man aber den Kopf leicht durchbrachte, dann gingen auch die Schultern durch und Bauch hatte man in jungen Jahren sowieso keinen. Ich wog in meiner Jugend nie mehr als hundertzwanzig Pfund. Und diese sechzig Kilo ließen sich, wenn auch oft recht mühsam, zwischen Fensterstock und Eisenstange durchzwängen, wenn man vorher seine Joppe dem Mädchen in die Kammer gereicht hatte.

Dann war man drinnen in der Kammer und sagte zu dem Mädchen vielleicht:

»Husch, husch, 'eine in dei' Betterl, daß di ned erkältst.«

Vorsichtig schnürte man dann, am Bettrand sitzend, seine Schuhe auf und stellt sie behutsam unters Bett, die Socken dazu und das übrige Zeug säuberlich auf den Stuhl gelegt, denn man mußte ja hernach in der Dunkelheit seine Sachen wieder finden. Wenn die jungen Hähne drunten im Stall zu krähen begannen, dann war es höchste Zeit, daß man wieder verschwand.

Nicht immer wurden die Erwartungen auf eine Liebesnacht erfüllt. Nicht jede Bauernmagd hatte hitziges Blut. So eine Magd, müd vom harten Tagwerk, war schon dankbar für ein Streicheln übers Haar, für ein bißchen Wärme, für ein leises Geborgensein und für ein schweigendes Mitfühlen mit irgendeiner Not ihres Herzens, von der zu sprechen sie nur den Mut hatte, wenn draußen still die Sterne am Kammerfenster vorüberwanderten oder der Regen ans Fenster klopfte. Das Mädchen sagte dann vielleicht:

»Brauchst ned beleidigt sei', wenn i' heut zu nix Lust hob'. A andersmoi is' dann scho' wieda anders.«

»Is' guat, Marei. I' wui di' ja zu nix dränga. Aba hart is' scho', wenn i' so brav nebn dir liegn muß.«

»Ja, aba g'scheita is' scho', als wia wenn ma nach neun Monat vorm G'richt steh' taatn und du sogast dann: ,I' ko mi' überhaupt an nix erinnern. Wia soll denn des zua'ganga sei'?«

Oder sie sprechen gar nichts. So ein Mädchen war oft schon glücklich, wenn es ihre Nase in seinen Hals bohren und dann zufrieden einschlafen konnte, ohne daß Begierden wach geworden wären.

Meine erste Lederhose

Wenn ich heute an einem Trachtenbekleidungsgeschäft vorbeigehe und die kurzen Leder- oder ledernen Bundhosen ausgestellt sehe, dann muß ich jedesmal an meine erste kurze Lederhose denken und unter welchen Umständen ich sie erworben hatte.

Es war eine aus Hirschleder, schön ausgestickt, mit gelben Bandln an der Seite. So eine kostete damals schon an die hundert Mark. Wie ich als junger Bauernknecht, mit vier Mark Wochenlohn, jemals zu einer »kurzen Wichs« kommen sollte, das war mir ein Rätsel. Vielleicht hätten es die Götter gewußt. Aber zu denen hatte ich keine Beziehung. Nur zum Gottvater halt und seinem Sohn, der in der Bauernstube im Winkel zwischen den zwei Fenstern hing und zu dem der Bauer vor jedem Essen ziemlich gedankenlos hinaufbetete, daß er uns Speis und Trank segnen möge. Eine Zeitlang fügte ich für mich selber in Gedanken hinzu: »Und schau zu, daß ich bald zu einer Lederhose kimm.« Aber der liebe Gott hatte wahrscheinlich höhere Aufgaben zu erfüllen, als sich um eine kurze Lederhose für einen jungen Bauernknecht zu kümmern.

Da geriet mir eines Tages ganz unverhofft etwas zum Glück, was einem andern zum Unglück seines Lebens wurde. Ein Holzknecht, Hackl Schorsch hieß er, wurde im Wald von einem stürzenden Baum erschlagen. Gerade, als ob er die Ahnung seines frühen Sterbens in sich getragen hätte, hatte er ein paar Wochen vorher ein Testament gemacht, in dem er, im Falle seines Ablebens, seiner Geliebten, der Sennerin Staibl Bawett, seine

Lederhose und seinen gewilderten Gamsbart von achtzehn Zentimeter Länge vermachte.

Die Bawett konnte natürlich mit der Lederhose nichts anfangen, sie konnte sich aber auch nicht von ihr trennen. Ich suchte sie immer wieder auf, redete ihr zu, wie einem kranken Roß, nannte sie statt Bawett Barbara, weil ich dachte, das könne ihr besser gefallen. Aber sie wollte lieber die Bawett bleiben. Die Erinnerung an ihren toten Schorsch wollte einfach nicht in ihr erblassen. Sie hielt dem Toten noch die Treue. Nachts legte sie die Lederhose auf ihr Kopfkissen und schlief darauf. Tagsüber lief sie oft von ihrer Arbeit weg und streichelte mit ihren rauhen Händen über die Stickereien der Hose.

»Es riecht alles noch so stark nach meinem Schorschl«, sagte sie. Im Spätherbst trieb sie die Kühe von der Alm und lebte nun auf dem Hof ihres Bauern. Ihre Kammer lag gleich neben der Feuermauer zu ebener Erde, zwischen Wohnhaus und Stall.

Ich ging zu ihr ans Kammerfenster und bettelte, nicht um Einlaß, sondern um die Lederhose. Ich erzählte ihr die Geschichte von jenem Heiligen, der doch auch seinen Mantel mit einem Bettler geteilt habe. Darauf sagte sie, daß sie doch die Lederhose nicht in der Mitte auseinanderreißen könne und außerdem sei sie auch keine Heilige. Nein, Heilige war sie keine. Nur die wirkliche Trauer ließ sie noch so standhaft sein. Weihnachten hätte ich sie bald so weit gehabt, aber dann ließ sie mich doch noch bis Ostern zappeln. In der Karwoche, als wir die Kartoffeln setzten, ging ich zu ihr auf den andern Acker hinüber und fing wieder von der Lederhose an.

Da richtete sie sich auf, schob ihr Kopftuch zurück und sagte:

»Also dann, in Gottes Nam', sollst sie habn, weil du es bist. Aber de kost' sechz'g Mark. In bar – und in Ehrn mußt sie tragn.«

Ich schwor, daß sie keiner in Ehren tragen werde wie ich. Aber wie sollte ich die sechzig Mark bar aufbringen? Die vier Mark Wochenlohn reichten gerade für meinen Pfeifentabak und die kleinen Bedürfnisse des Lebens. Und da war nicht einmal eine Zahnpasta dabei. Aber da wußte die Bawett einen Rat und sagte, ich solle mir von meinem Bauern sechzig Mark Vorschuß geben lassen und diesen dann wöchentlich mit zwei Mark abstottern.

Der Bauer zog wehleidig die Nase hoch, als hätte ich ihn gebeten, er solle mir die Hälfte seines Hofes überlassen, und maulte, das müsse er sich zuerst überlegen. Da steckte ich mich hinter die Bäuerin, die ein weicheres Herz hatte, und schließlich bekam ich dann die sechzig Mark.

Wie diese Lederhose dann mein Selbstbewußtsein hob, das wird die Jugend von heute nicht mehr verstehen. Heute geht ein junger Mensch in die Werkstatt eines Säcklermeisters und läßt sich eine kurze Lederhose anmessen, fragt dann beim Anmessen so beiläufig, was sie koste. Ja, so dreihundertachtzig, vierhundertsechzig oder, nach Art des Leders und der Stickerei, auch sechshunderfünfzig Mark. Ja, dann schon die um sechshundertfünfzig. Wär' ja noch schöner! Und er blättert dann die Hunderter grad so hin.

Ja, unsagbar stolz war ich auf meine Lederhose. Bier

floß darüber, die fetten Hände wischte ich mir daran ab, und die harten Schläge des »Reit im Winkler«, oder des »Kreuzpolkas« (Schuhplattler) klopften auf sie nieder und machten die schöne Stickerei von ehemals bald unsichtbar. Sie wurde hart und steif auf der Vorderseite, daß sie am Boden stehenblieb, wenn ich die Hosenträger aufknöpfte und sie fallen ließ. Jetzt war es erst die richtige Lederhose. Und ich trug sie in Ehren. Viele Jahre trug ich sie, wenn auch nicht mehr zu Ehren des toten Schorschl, sondern zu meiner eigenen. Sie begleitete mich durch die Lande, als ich mit einem Bauerntheater umherzog. Ich trug sie tagtäglich, bei Wind und Wetter, bei Hitze und Schnee, bis sie eines Tages zu löchern anfing. Nach ihr kam eine andere dran, diesmal eine mit grüner Stickerei. Aber die freute mich lange nicht so, weil sie mit keinem Opfer erworben worden ist.

Mit tausend schönen Worten habe ich um meine erste Lederhose betteln müssen. Vielleicht wäre ich sogar noch bereit gewesen, etwas über Liebe zu faseln, von ewiger Liebe sogar, wenn der Bawett nicht noch rechtzeitig die sechzig Mark eingefallen wären.

Ein anderer war übrigens raffinierter als ich. Der bettelte so lange, bis sie ihm den Riegel an ihrer Kammertür aufmachte. Dem schenkte sie dann auch den um vieles teureren Gamsbart, und der heiratete im Herbst dann doch eine andere.

Viele Jahre später traf ich die Bawett einmal in der Gaststube beim Stockhammer in Rosenheim. Ein altes Weiberl, grauschopfig und müd, immer noch mit der kleinen Warze am Kinn. Ich trug inzwischen meine dritte Lederhose (es wird die letzte sein) und hätte die

Bawett nicht mehr erkannt, denn fünfzig Jahre sind eine lange Zeit. Aber sie kannte mich und sagte, daß sie mein Bild schon öfter in der Zeitung gesehen hätte. Und dann sei ihr jedesmal die Lederhose von ihrem Schorschl selig eingefallen.

Sie aß Lüngerl mit Knödl. Einmal setzte sie aus und sah mich an. »Brauchst ned moana, daß i' mir ned aa an Schweinsbratn leistn könnt'. Aba meine Zähn halt –« Und nach einer Weile: »I hätt' dir damals de Lederhosn mitsamt dem Gamsbart g'schenkt, wenn d' bloß oan oanzign Schnauferer to hättst vom Heiratn.«

Ja, den Schnauferer hatte ich eben vergessen, weil das Herz kein bissl mitgeschnauft hat.

Vor zwei Jahren hab' ich dann zufällig in der Zeitung eine kleine Todesanzeige entdeckt:

Nach einem arbeitsreichen Leben verschied selig im Herrn
Fräulein Babette Staibl
langjährige Dienstmagd beim Strobl in Ödesberg.
Der heilige Seelengottesdienst mit anschließender Beerdigung
findet am Donnerstag um neun Uhr vormittags statt.

Ich stand damals gerade vor Antritt einer größeren Reise, sonst wäre ich der Bawett ganz sicher zur Beerdigung gegangen. Aber ich habe ihr später Blumen aufs Grab gelegt, darunter ein paar gelbe Rosen, so gelb, wie damals die Bandln an meiner ersten Lederhose.

Am Schlenklmarkt

So um Lichtmeß herum fand in der kleinen Kreisstadt jedesmal der Schlenklmarkt statt. Das war den Dienstbotenvermittlern ihr großes Geschäft.

»Suachst du an Plotz?« wurde man da gefragt. Ja, da hätte man schon was. Beim Bauern in der Au zum Beispiel oder beim Bichler in Scharlach. Da wäre es noch besser. Die Kost sei da einmalig, und ein Dienstbot' werde da gehalten wie das eigene Kind. Das waren meistens nur Sprüche, und wer um Lichtmeß herum noch nicht vermittelt war, mit dem stimmte etwas nicht. Entweder war es ein schlechter Platz, oder der Knecht oder die Magd taugten nicht viel. Mir war es jedenfalls zum erstenmal passiert, daß ich zu Lichtmeß noch keinen festen Platz hatte.

Die Vermittlerin, die nebenbei mit Rosenkränzen, Wachsstöckerln und Heiligenbildern hausieren ging, schleppte einen massigen Bauern in die Gaststube und deutete auf mich.

»Der da suachat no an Platz.«

Der Fleischkoloß schob sich auf mich zu.

»Du suachst an Platz, hab' i' g'hört.«

»Ja, aber es müaßt scho' a guata Platz sei'«, sagte ich.

»Dann könnt's grad passn mit uns zwoa. Bei mir kriegt oana jedn Tag Fleisch. Wo warst denn z'erscht?«

»Beim Bichler z' Feldham.«

»Hot's dir do nimma paßt?«

»Naa, do hot's ma nimma paßt.«

Ich konnte ihm doch nicht sagen, daß ich dort mit der Magd Veronika ein Techtelmechtel gehabt hatte und deswegen gehen hab' müssen, weil sonst die christliche Moral zerbröckelt wäre.

»Also guat, bei mir kannst dann morgn gleich ofanga. Wos möchst denn Lohn?«

»Fünf Mark de Woch'.«

Er schüttelte sofort den Kopf, gab aber dann nach.

»Im Winter vier Mark und während da Arnd fünf Mark. Host ja sischt alles frei, essn, schlafn und d' Wäsch werd da aa g'waschn.«

Bei diesem Bauern hieß es beim Hangl. Dort gab es zwar nicht mehr jeden Tag Kraut und Knödl, dafür jeden Tag, bis auf sonntags, roggene Schmalznudeln und Apfeltauch. Nach etwa drei Wochen fragte ich ihn:

»Ich hab' g'meint, bei dir kriegt einer jeden Tag Fleisch?«

»Hob i' g'sagt, jawoll. Einer kriegt bei uns jedn Tag Fleisch. Und der eine, des bin i'.«

Bei meinem neuen Bauern waren auch zwei Töchter da, großgewachsen und schön von Angesicht, und ich dachte gleich wieder, wie herrlich das wäre, wenn wenigstens eine von ihnen mit mir ins Stroh ginge. Aber die eine trug den Kopf vor lauter Stolz so hoch, als wolle sie ihren Durst ständig aus der Dachrinne stillen. Die andere – Magdalena hieß sie – hatte man auf eine höhere Schule geschickt, sie sollte später einmal einen Beamten heiraten. Sie kam nur immer in den Ferien heim.

»Meine Töchter«, sagte der Hangl einmal, »meine Töchter san für euch tabu.«

Ich wußte nicht, wo er diesen Ausdruck aufgeschnappt hatte. Ich kannte ihn selber nicht.

Mit der Magdalena verstand ich mich eigentlich recht

gut. Sie war belesen und gab mir auch Bücher zum Lesen. Wir unterhielten uns dann über die jeweilige Literatur, und ich dachte, das muß doch etwas ganz Großes, etwas Gottbegnadetes sein, so ein Buch zu schreiben, das Herzen entzünden und bewegen kann. Ich bin dieser Magdalena immer dankbar geblieben. Sie heiratete später doch keinen Beamten, sondern ging ins Kloster und wurde Nonne.

Aber die Bücher, die sie mir damals lieh, eröffneten mir eine ungeahnte Welt von Schönheiten, und ich erkannte, oder ich ahnte vielmehr, daß in der Einfachheit meines Bauernlebens die Wurzeln liegen könnten. Diese Bücher von Löns, Storm, Sudermann und Voss wühlten mich bis ins Innerste auf. Sie erzeugten ein unbeschreibliches Fernweh in mir, sie verwandelten mich irgendwie, zwangen mich zum Nachdenken, und ohne daß ich es recht wahrnahm, wurde ich zum Träumer. Es war eine gesegnete Zeit, in der sich mein bisheriges Leben wie hinter einem Schleier verbarg. Ich begann, Verse zu schreiben, die ich wieder zerriß, weil sie mir zu kindlich erschienen und es sicherlich auch waren. Aber diese Verse kamen immer wieder und immer öfter zu mir, Verse und Sätze, es war, als hebe sie die Pflugschar aus der dunklen Erde herauf und fülle mir damit Herz und Seele bis an den Rand.

Meist blieben mir ja bloß die Sonntage, um mich ganz meinen Träumen und der Einsamkeit hinzugeben. Der Einsamkeit und der Verlorenheit, wenn Berg und Wald beim Sonnenuntergang in einem zauberhaften Licht erglänzten oder wenn der Abendwind die heiße Stirn kühlte. Ach ja, ich war im Begriff, einer fast schmerzhaften Gärung zu unterliegen, ohne es recht deuten zu können. Ich merkte es nicht, daß damals schon eine stille Vorbereitung auf ein anderes Leben begann oder daß Gott aus einer ziehenden Wolke ein paar Tröpferl seiner Gnade in mein durstiges Herz fallen ließ.

An einem Sonntag nun, der golden schön aus dem Meer der Ewigkeit heraufgestiegen war, stand ich gerade auf der Gred vor dem Hof und war ganz vertieft in das Plätschern des Brunnens und machte mir Gedanken darüber, daß auch das Wasserplätschern einer Quelle eine Sprache ist, genauso wie das Rauschen der Bäume im Wind. Auf einmal sah ich über den ziemlich steilen Fahrweg eine Mädchengestalt heraufkommen. Das Sonnenlicht flimmerte in ihrem Haar. Schlank gewachsen und mit einem Schritt, den ich eigentlich hätte kennen müssen, kam sie langsam zum Hof her. Da gab es mir einen gewaltigen Riß, denn es war meine Kinder- und Jugendfreundin, die Wurzi aus München. Das Blut sprang mir ins Gesicht, denn mir fielen die glühenden, verzehrenden Briefe ein, die ich ihr immer geschrieben hatte. Den letzten erst vor vierzehn Tagen. Mein Gott, wenn sie das alles ernst genommen hat, dann konnte sie jetzt doch nur gekommen sein, um mich zu fragen, wann wir heiraten. Zum Schluß lief sie auf mich zu und schlang beide Arme um meinen Hals. Ihre Wange war heiß vom raschen Gehen, und ihr Atem ging schnell. Ich aber hatte auf einmal bloß noch Angst, es könnte vom Hof aus jemand diese herzliche Begrüßung sehen. Aber dann dachte ich wieder, sie sollen es nur sehen, denn dieses Wesen war durchaus sehenswert. Ich führte sie an der Hand an den Stubenfenstern vorbei und versuchte, mit meinem Mädchen so schnell wie möglich in den nahen Wald zu kommen.

Im Wald war es kühl, es duftete nach Thymian, nach Moos und Harz, und ich wurde erst ruhiger, als wir eine Lagerstätte gefunden hatten unter den Himbeerstauden. Und plötzlich dachte ich dann: Man sollte nie erwachsen werden, dann wäre die kindliche Unbefangenheit noch da, mit der alles viel leichter gewesen ist. Jetzt waren wir beide neunzehn Jahre alt, das verwegene Gassenkind von einst war eine feine Dame geworden, mit einer Armbanduhr und einem goldenen Kettchen am Hals. Sie ruhte in meinem Arm, und wir sahen zu den weißen Wolken hinauf, die über den Wald hinzogen. Dann sagte sie:

»Deine Briefe sind eine reine Erbauung. Wie du alles so beschreiben kannst. Wo findest du nur solche Worte.«

»Die find' ich nicht, die klingen lang schon in mir.«

»Aha. Es klingt also in dir.«

Sie küßte mich auf die Stirn, aber mir wäre der Mund lieber gewesen. Wir haben ja noch viel Zeit, dachte ich. Man muß ja nicht gleich alles haben. Auf alle Fälle war ich voller Erwartungen, bis sie auf einmal sagte:

»Zeigst du mir dann die Quelle, Hansi?«

Hansi sagte sie. So wie damals in der Kinderzeit. Ich war aber inzwischen ein Hans geworden. Im Augenblick der Hangl Hans.

»Welche Quelle?« fragte ich törichterweise.

»Wo der waidwunde Hirsch daraus trinkt.«

Ich spürte, wie ich brennend rot wurde, und ich schwor mir, in keinem meiner zukünftigen Briefe mehr den dürstenden Hirschen zu erwähnen. Aber dann lachten wir beide. Sie hatte immer noch das dunkle, schwingende Lachen. Damenschneiderin war sie geworden, und sie erzählte mir, daß sie ihre Gesellenprüfung mit Erfolg abgelegt hatte.

Damenschneiderin und Bauernknecht! Mein *Eidolon* grinste.

Die Damenschneiderin zog ihren Rock züchtig über die Knie und sagte dann, daß sie mich immer sehr lieb gehabt habe, als Kind und auch später noch. Meine Briefe hätten sie verzaubert, aber inzwischen habe sie eingesehen, daß es eben doch nur eine Verzauberung gewesen sei. Die Realität sähe halt doch ganz anders aus, und sie sei heute nur deshalb gekommen, um mich noch einmal zu sehen, weil sie sich demnächst mit einem Architekten verloben werde. Sie habe gedacht, diese Ehrlichkeit sei sie mir schuldig, weil ich einmal ihre Kindheit verschönt habe. Aber wir werden immer gute Freunde bleiben, wenn ich Wert darauf lege.

»Ich lege großen Wert darauf«, sagte ich.

»Es war viel Sonne in unserer Kindheit«, lächelte sie. Diese Sonne habe sie in ihrem Innern gesammelt, weil man ja nicht wisse, wieviel Schatten das Leben bringe.

Später begleitete ich sie durch den Wald zum fernen Bahnhof. Wir versprachen uns allerhand, was man einer Freundschaft so schuldet. Ich winkte ihr nach, bis der Zug in einer Waldschneise verschwand. Dann ging ich langsam heimwärts und war ein bißchen traurig, weil ich an diesem Sonntag um das betrogen worden war, wonach ich mich immer so sehr gesehnt hatte.

Meine erste Schreibmaschine

In meiner Jugend hatte ich mich einmal einem reisenden Bauerntheater angeschlossen und durfte mich stolz Schauspieler nennen. Es war ein sehr solides, rechtschaffenes Unternehmen. Die Leute wollten das nur nicht immer anerkennen. Reisende Theaterleute – sie konnten sich darunter nichts vorstellen. Scherenschleifer und Korbflechter reisen auch. Wenn wir einmal von einem Kurort aus einen Abstecher in die ländliche Gegend hinaus machten, dann konnte man schon hören:

»Leut, sperrt die Hühner ein, Komödianten sind da.«

Oder, wie ich selber einmal in einem Kramerladen zu hören bekam, als eine Frau ganz ungeniert zur Kramerin sagte:

»Jetzt muß ich aber heim und die Wäsch' von der Leine nehmen. Den Komödianten darf man nicht traun. Und von meinem Alten sind sechs Hemden dabei.«

So eine Frechheit. Wo ich doch selber drei Hemden besaß. Eigentlich vier. Drei weiße Leinenhemden und ein blaukariertes, das ich aber nur für bestimmte Rollen brauchte, als Holzknecht zum Beispiel oder als Wilderer, denn kein Wildschütz ging in einem weißen Hemd in die Berge, um einen Gamsbock zu schießen.

Solche Äußerungen taten mir immer sehr weh. Überhaupt mußte in mein Leben bald eine Änderung kommen, denn ich hatte soeben meinen ersten Roman geschrieben. In schwarze Schulhefte, mit schöner deutscher Schrift.

Am Anfang des Romans hatte ich geschrieben: Mit Gott fang an! Und mit dem lieben Gott würde es schon weitergehen. Wär' ja noch schöner, wenn er mich jetzt auf einmal im Stich gelassen hätte. Ich hatte doch immer so ziemlich nach seinem Sinn gelebt. Daß ich immer ein bißchen mit Mädchenherzen gespielt habe, das wird er mir doch nicht gleich übelnehmen. Für was hätte er sonst die netten Dirndl geschaffen, wenn man sie nicht lieben dürfte?

»Lieben schon«, sagte ein Engel im Traum zu mir. »Aber du darfst kein Herz zerbrechen.« Wenn ich dies vielleicht doch einmal getan habe, dann unbewußt und weil ich halt zu jung war, um das zu verstehen. Jedenfalls, ich blickte mich um, konnte aber nirgends Scherben liegen sehn.

Zu diesem Roman brauchte ich einen Verleger. Und zwar mußte es gleich ein bekannter und großer Verleger sein. Der war in Leipzig, und soweit ich mich erinnere, hieß er Lange und Meuche. Dabei war ich so leichtsinnig, das Päckchen mit dem Manuskript gar nicht einschreiben zu lassen. Wenn es verlorengegangen wäre, hätte ich den Roman nie mehr schreiben können. Ich fügte hinzu, daß ich schnellstens Antwort haben möchte. Dabei überlegte ich, ob ich nicht gleich zweitausend Mark Vorschuß verlangen sollte.

Ich habe noch nie in meinem Leben mit einer solchen Ungeduld und Sehnsucht auf eine Antwort gewartet, auf einen Brief vielleicht, in dem man sich bedankte, daß ich ihnen mein Manuskript anvertrauen wollte.

Nach vier Wochen kam das Päckchen zurück, mit einem Brief an den sehr verehrten Herrn Schriftsteller Hans Ernst, in dem man sich für die Einsendung des Manuskripts bedankte, das man sehr aufmerksam gelesen habe (wohl kaum), es aber leider wieder zurückschicken müßte, weil man mit Manuskripten bereits überhäuft sei.

Der Reclam Verlag schrieb noch höflicher und vielleicht auch ehrlicher. Er könne ihn nicht auflegen, schrieb er, weil zuviel bayerischer Dialekt drin sei und außerdem habe heute ein Federmanuskript kaum mehr Aussicht, angenommen zu werden. Das Manuskript müsse mit der Maschine geschrieben sein, sauber und einwandfrei! Letzteres war wohl ein Seitenhieb auf meine Grammatik.

Diesen Herren schrieb ich zurück, daß Goethe und Schiller auch keine Schreibmaschine gehabt hätten. Hernach war ich heilfroh, daß mir der Verlag nicht entgegnete, ob ich mich vielleicht mit Goethe und Schiller vergleichen möchte.

Ich war also tief enttäuscht, denn wo sollte ich denn bloß eine Schreibmaschine hernehmen? Trotzdem ließ ich mich aber nicht unterkriegen und schrieb bereits an meinem zweiten Roman. Die Schauspielerei ernährte mich ja vorerst noch, wenn auch notdürftig, denn die Zeiten waren schlecht geworden. Aber im Sommer würde es schon wieder besser werden. Da gastierten wir in Kurorten. Mergentheim stand auch in Aussicht. Und vielleicht begegnete ich dort einem Verleger, dem es an der Leber fehlte und dem ich dann mein Manuskript persönlich empfehlen konnte. Im übrigen sagte ich mir immer einen Leitspruch vor, der lautete:

Gib die Hoffnung nicht verloren,
wenn auch Sturm dein Haupt bedroht,
wer die Hoffnung sich erkoren,
bleibt getrost in jeder Not.

Überall, wo wir auf unserer Theatertournee hinkamen, fragte ich gleich, ob nicht eine Schreibmaschine im Haus wäre und ob man sie eventuell ausleihen könnte. Manchmal hatte ich Glück. Das kam ganz auf das jeweilige Fräulein in der Rezeption an und was ich für Augen zu meiner Bitte machen konnte.

Einmal fragte mich eine, wozu ich denn eine Schreibmaschine benötigte. Ich antwortete:

»Weil ich Ihnen einen Brief schreiben möchte.«

»Einen Liebesbrief?«

»Ich hätte schon das dringende Bedürfnis.«

»Ja, aber – Liebesbriefe schreibt man doch sonst mit der Hand?«

Ich mußte darüber lachen. Mädchen wollen es mit der Hand geschrieben haben, die Verleger mit der Maschine. Da mach' es einem recht.

Ein paar Tage ließ sie mich zappeln, aber eines Nachts, als ich nach der Vorstellung in meine Mansarde hinaufkam, stand dort eine Schreibmaschine, eine alte Adler. Es lag ein Zettel dabei mit der Mitteilung, daß ich sie benützen könne, weil noch eine zweite im Haus sei. Im übrigen warte sie auf den versprochenen Brief.

Ich habe in meinem Leben noch nie etwas so intensiv und ausdauernd geübt wie das Tippen auf der alten Adler. Sie wurde meine Geliebte. Aber ich behandelte sie durchaus nicht zärtlich. Ich klopfte auf ihr mit zwei Fingern herum, als wäre sie aus Gußeisen. Geduldig ertrug sie alles, und ich bemerkte, wie ich langsam aber sicher Fortschritte machte. Leider mußte ich sie ja wieder zurücklassen.

Wenn ich nur dem Rezeptionsfräulein den Brief nicht hätte schreiben müssen! Sie lag mir nicht. Mit ihren 1,82 war sie mir zu groß, und sie hatte einen schweren

Schritt wie ein Ackergaul. Außerdem trug sie eine starke Brille.

Ich wartete mit dem Brief, bis wir nach drei Wochen unser Gastspiel beendet hatten. Kurz vor der Abreise steckte ich ihn dem Fräulein zu. Ich bedankte mich herzlich, daß sie so gütig gewesen sei, mir die Adler zu leihen, und ich würde ihr das nie vergessen. Ein bißchen poetisch wollte ich natürlich auch sein und darum schrieb ich noch dazu: »Wenn ich einmal das Zeitliche segne, dann werde ich in einer goldenen Schale ihre Seele mit hinaufnehmen in den Himmel, werde sie dem Petrus zeigen und ihm sagen, daß da drunten im ›Hotel zum Hirschen‹ ein wunderbares Rezeptionsfräulein wohne und er möge auch für sie ein schönes Platzerl reservieren. Im übrigen bin ich herzlich froh, daß es Sie gibt und verbleibe mit tausend Küssen und herzinnigen Grüßen Ihr Hans Ernst.«

Wir waren bereits seit einer Woche in einem anderen Städtchen, da kam ein Brief von ihr, in dem sie mir mitteilte, daß sie noch nie so einen schönen Brief bekommen hätte. Nur mit den tausend Küssen, da sei es wohl jetzt zu spät. Wenn ich nur ein Wort gesagt hätte.

Bald darauf sah ich dann bei einem Trödler in Konstanz eine alte Schreibmaschine unter anderem Gerümpel stehen. Sie trug ein schwarzes Wachstuchmäntelchen und darauf stand verheißungsvoll der Name Mignon. Und daneben der Preis: 20 Mark.

Der Name Mignon klang mir verzaubert schön. Ich wollte noch herunterhandeln, aber es ging nicht. Die Maschine war aber ein Monstrum. Auf ihr hatten vielleicht schon die alten Germanen geschrieben, wenn es statt der Runen damals schon Buchstaben gegeben hätte. Da war also links auf einer kleinen Milchglasscheibe das Alphabet, groß und klein. Dazu ein kleiner Zeiger mit einem Gelenk. Rechts war eine einzige Taste und davor eine kleine Walze, auf der sich sämtliche Buchstaben befanden. Wenn man auf die Taste drückte, schlug es jeweils den Buchstaben auf das Papier, den man rechts auf dem Feld mit dem Zeiger angedeutet hatte.

Am Anfang ging das sehr langsam, aber mit der Zeit bekam ich eine solche Fertigkeit, daß es die reine Freude war. Ich war ungeheuer stolz, Besitzer einer Schreibmaschine zu sein, auch wenn sie noch so klapperte. Wenn drunten Leute vorbeigingen, blieben sie stehen und horchten, weil sie dachten, da schieße irgendwo ein Maschinengewehr.

Immerhin schrieb ich mit meiner Mignon fünf Romane. Als ich mir dann eine richtige Schreibmaschine namens Olympia leisten konnte, putzte ich die Mignon sauber und stülpte ihr das Wachstuchmäntelchen über. Ich wollte ihr einen schönen Feierabend bei mir gönnen. Doch da kam eines Tages ein junger Mann zu mir, der mir erzählte, er habe das Abitur gemacht, wolle aber nicht weiterstudieren, sondern Schriftsteller werden, weil er eine lyrische Ader in sich verspüre. Er sei jetzt sozusagen Anfänger und brauche eine Maschine für seine Gedichte.

Eigentlich trennte ich mich schwer von meiner Mignon. Sie war mir so ans Herz gewachsen, und es war mir ungefähr so zumute wie einem Bauern, wenn er einen Gaul, der ihm viele Jahre den Pflug durch den Acker gezogen hat, jetzt dem Roßmetzger geben muß, weil er vor Altersschwäche nicht mehr arbeiten kann.

Ja, so ähnlich empfand ich es. Ob meine Mignon, die ich wieder um 20 Mark verkaufte, ihrem neuen Herrn in seiner Lyrik auch so treu gedient hat wie mir in meiner Prosa, das habe ich nicht erfahren können.

Jedenfalls wünschte ich dem »Anfänger« alles Glück für sein Schaffen – ich, der ich selber noch kein Fertiger war.

Leben mit Büchern

Oh, glaubt bloß nicht, daß man sich mit Büchern nicht unterhalten kann, vor allem mit denen, die man selber geschrieben hat. Ein Schriftsteller hat so seine eigenen Beziehungen zu seinen Büchern, denn sie sind ja seine geistigen Kinder. Der eine steht so zu ihnen, der andere vergißt sie im Laufe der Zeit, besonders wenn sie nicht mehr neu aufgelegt werden. Ich habe sie im Herzen behalten wie meine leiblichen Kinder. Ja, vielleicht noch mehr, denn sie widersprechen mir nie, sie stehen in keiner Opposition zu mir, sie ändern ihren Charakter nie, auch wenn sie noch so alt werden.

Ich habe hundert solcher geistiger Kinder im Bücherschrank stehen, schmuck gekleidet, mit einem Rücken aus Leinen oder Leder, wie sich's der Verleger gerade einfallen hat lassen.

Und so bin ich mit meinen geistigen Kindern von der Jugend über den hohen Mittag bis in den späten Abend hineingegangen. Ja, was nun diesen späten Abend betrifft! Ich habe mir immer vorgestellt, daß man dann am Morgen, wenn die Sterne verblassen und die Vöglein ihre Lieder anstimmen, seinen Spaziergang macht, daß man auf der Hausbank sitzt und seine Pfeife raucht, daß man zu einem Dämmerschoppen geht und dazwischen viel liest. Dann würde ich auch die Zeit finden, die eigenen Bücher wieder zu lesen und mich dabei zu wundern, was man vor dreißig oder vierzig Jahren geschrieben hat, im Rausch der Jugend, als man die Stunde der Gnade noch gar nicht begriff, als ich schrieb und schrieb und noch nicht wußte warum, bis ich eines

Tages erkannte, daß nicht »ich« schrieb, sondern daß »es« schrieb. Ich dachte damals noch nicht an eine Ernte, hungerte und fror, warf nur die Saat aus, schweigend und ernst, und war von der leisen Hoffnung erfüllt, daß das Geschriebene auch eines Tages gedruckt werde, daß es durch tausend und abertausend Hände gehe, daß es Herzen aufrichten und trösten könne.

Nein, das wußte ich damals alles noch nicht. Ich lebte wie in einer verzauberten Welt und dachte nicht daran, daß alles Geschriebene einmal soviel Licht verschenken könnte, soviel Licht auch an mich, der ich heute ein Leben in Glanz und Luxus führen könnte, wenn ich dazu veranlagt wäre. Aber ich habe nie aus meiner Haut rausschlüpfen können, ich war einfach der strengen Ordnung und der Einfachheit verhaftet. Die Erinnerung an eine armselige Kindheit, die Jahre strengen Knechtlebens auf ein paar Bauernhöfen haben mich immer begleitet, und sie saßen neben mir, wenn ich im Schein der Schreibtischlampe über den Manuskriptblättern gebeugt saß. Und das war vielleicht ganz gut so, denn nur die Satten haben keine Erinnerung an die Armseligkeit.

So wuchs dann alles langsam und zuverlässig, die Lebenserkenntnisse, die Erfahrungen, Deutungen und Gestaltungsstufen, bis sich im Ring der Jahre die Werke formten, immer klarer und reifer, bis sie dann nicht mehr Unterhaltung allein, sondern Aussage wurden. Man denkt später gar nicht mehr daran, wie mühsam alles erworben sein wollte, man ist nur glücklich, Auftrag, Gesetzmäßigkeit und Begnadung eines Dichterlebens erfahren zu haben, daß es eine Bewältigung einer Lebensaufgabe geworden ist, um die man sich ehrlich und gewissenhaft bemüht hat, und man erkennt, daß jedes Buch die Garbe einer Ernte ist.

Die Witterung läßt es nicht immer zu, daß man draußen auf der Hausbank sitzt und den Wölkchen des Pfeifenrauches nachsinnt. Aber auch drinnen, in der Stube, am warmen Kachelofen, kommen die Gedanken zu mir. Weit aus der Vergangenheit kommen sie her und erinnern mich, daß ich einmal kühn geträumt habe, daß einmal zehntausend oder gar hunderttausend meine Bücher kaufen und lesen möchten. Ich dachte damals, daß ich dann stolz oder gar hochmütig werden könnte. Heute hat die Gesamtauflage an die zwei Millionen erreicht, und ich bin nicht hochmütig geworden, stolz schon gleich gar nicht, eher demütig im Erkennen um die Gnade, die mir geschenkt worden ist.

Alle meine Bücher stehen in einem Schrank hinter Glas, sauber ausgerichtet, wie die Linie einer Schützenkompanie. Und wenn ich davorstehe und ihre Rücken betrachte, dann wird mir oft ganz wunderlich ums Herz. Ich möchte dann reden mit ihnen, so wie man mit Menschen redet. Oder ich möchte fragen, nichts als fragen. Den »Lehrer von Tschamm« zum Beispiel, wie es ihm jetzt mit seiner Barbara ergeht. Ich könnte den beiden sagen, daß ich sie trotz aller Widerwärtigkeiten zusammenkommen habe lassen. Denkt bloß nicht, daß mir euer Schicksal gleichgültig geworden ist, schließlich seid ihr ja meine Geisteskinder. Wie geht es euch beiden in der Ehe jetzt? Vertragt ihr euch? Und wieviel Kinder habt ihr denn?

Merkwürdig, wie einen das Schicksal seiner Gestalten noch beschäftigen kann. Man nimmt so ein Buch in die Hand, blättert ein wenig darin und denkt, wieviel

Nächte, wieviel Wochen und Monate um das Werden der einzelnen Gestalten gerungen worden ist, bis sie geformt und ihnen Leben eingehaucht war.

Und ihr dürft mir schon glauben, liebe Freunde, ich habe immer ein Stück meiner Seele an sie verschenkt und manchen Tropfen Herzblut. Ich habe sie geliebt während der ganzen Zeit, in der ich die Fäden ihres Schicksals in meinen Händen gehalten habe. Ich habe gelitten mit ihnen und gelacht, und das Abschiednehmen war immer schwer. Man hat zu lange gelebt mit ihnen. Sie haben mich bis in den Schlaf hinein verfolgt. Sie sind in meinen Träumen gewesen, wir haben miteinander gesprochen und manchmal, wenn ich dann aufgewacht bin, habe ich mir ihre Worte gleich notiert, damit keines verlorengehe. Und wenn man das Wort »Ende« auf die letzte Manuskriptseite schreibt, dann ist noch nicht alles zu Ende. Die Gestalten tänzeln dann noch eine ganze Weile um meine Seele herum und verblassen erst dann ein wenig, wenn ich mich wieder mit anderen Gestalten befasse, die zuerst nichts als Schemen sind, denen erst Leben, Blut und Wärme geschenkt werden muß, bis sie dann dastehen wie ein lebendes Geschöpf.

Dann steht auch dieses neue Kind in der Reihe der anderen, die sich denken werden: »Schon wieder ein Neues. Wieviel werden es denn noch werden?«

Aber ich habe ja die anderen nicht vergessen. Ich verweile sinnend vor ihnen am Schrank, und jedes Buch erinnert mich an etwas ... An die blutjunge Sibylle etwa, die mir mit leisem Vorwurf zu sagen scheint:

»Mein lieber Papa, du hast mich ein ganz schönes Luderchen sein lassen. Zum Glück hast du mich dann doch noch auf den rechten Weg geführt.«

Noch frecher gebärdet sich der »Toni Zaggler«, der sich zum Wortführer seiner hundert Geschwister machen will und mir ganz unverblümt sagt:

»Gib es doch ruhig zu, mein Erzeuger, daß wir die ganzen Jahre her ganz schön für dich gesorgt haben. Auch jetzt blättern wir dir die Tantiemen ganz schön hin. Wir werden auch weiterhin sorgen, daß du ein schönes und bequemes Leben führen kannst. Deine leiblichen Kinder tun das ganz gewiß nicht. Die haben für sich selber genug zu sorgen und denken in dieser hektischen Zeit sicherlich gar nicht daran, dich zu fragen, ob dein Tisch gedeckt ist zu den richtigen Zeiten, ob deine Pfeife raucht und dein Glas Rotwein gut temperiert ist. Siehst du, an all das denken wir, und obendrein werfen wir auch für deinen Verleger noch einen ganz schönen Batzen ab. Und wir werden auch weiterhin für dich sorgen, selbst wenn du einmal nicht mehr lebst, denn wenn die Welt in Ordnung bleibt, füttern wir auch deine leiblichen Kinder und Enkelkinder noch, bis siebzig Jahre nach deinem Tod. Mögen auch neu auftauchende Massenmedien für einige Zeit die Herzen verwirren. Sie erlöschen wieder wie Sterne am Morgen. Wir haben Film und Fernsehen als Konkurrenz bekommen und haben davor bestanden. Denn das Wort bleibt ewig, sofern es Gültigkeit hat und die Herzen der Menschen bewegen kann.«

Ich habe nicht im Sinn gehabt, noch viele Bücher zu schreiben, wollte meinen Feierabend genießen, wie es jedermann gebührt. Aber dann haben mich Briefe erreicht, und sie erreichen mich noch täglich aus aller Welt. Briefe, die wie ein Klöppel an mein Herz schlagen.

Briefe, die Mahnung und Bitte sind, aus irgendeinem fernen Winkel der Erde.

»Bleiben Sie gesund«, heißt es da, »und schreiben Sie noch sehr viel. Wir danken Ihnen für die vielen schönen Stunden, die Sie uns mit Ihren Büchern geschenkt haben.«

Ich kenne diese Menschen nicht. Auch nicht die Oberin einer Missionsanstalt in Rhodesien, die kürzlich schrieb:

»Lieber Hans, ich kann Dich einfach nicht anders nennen ...«

Nein, ich kenne sie nicht, die vielen Briefschreiber. Aber ich habe begreifen gelernt, daß es so etwas wie eine Verpflichtung gibt denen gegenüber, die an mich glauben und die mir über so viele Jahre hinweg treu geblieben sind.

Und so werde ich halt weiterschreiben, um dieser Treue und Anhänglichkeit willen, werde mit meinen Büchern weiterleben und mich noch mit ihnen unterhalten, bis dann die letzte, große Einsamkeit über mich kommt und mir die Feder aus der Hand fällt.

Auf Brautschau

Sie lernten sich auf der Bichlbauernhochzeit in Soilach kennen. Der Bacher Simon von Reitling und die Buchberger Barbara von Öd. Nachdem sie miteinander getanzt hatten, führte der Simon seine Tänzerin nicht mehr an ihren Platz zurück:

»Du hockst da vorn unter lauter alte Weiber drin. Magst dich ned lieber zu mir hersetzn?«

»Ich kenn' dich zwar ned«, lachte die Barbara und wischte sich mit einem großen Taschentuch den Schweiß von den Wangen. Dieser hübsche Bursch hat ihr schon beim Mittagessen in die Augen gestochen. Jetzt saß sie also neben ihm.

Sie war ziemlich groß gewachsen, eine stramme Person eigentlich, mit »viel Holz vor der Hüttn«, wie man so sagt, wenn eine um die Brust herum gut entwickelt ist. Sie trug die Tracht des Tales, blauen Rock mit Spenzer, dazu ein schwarzes Mieder mit Silbergeschnür. Das dunkle Haar war über der Stirn zu einer Krone geflochten, die wiederum mit Silbernadeln geziert war.

»Magst einmal trinkn von meinem Bier?« fragte der Simon.

»Ich bin so frei«, sagte die Barbara, nahm einen riesigen Zug, klappte den Zinndeckel des Krügls wieder zu und wischte sich mit dem Handrücken über die Lippen. »Das hat mir jetzt geschmeckt.«

»Dann ist's recht.«

Der Simon stützte nun seinen Kopf in die linke Hand, neigte den Kopf nach rechts und betrachtete die Barbara ganz genau. Er sah das rundliche Doppelkinn, den etwas zu großen Mund und die für ein weibliches Wesen ziemlich unreine Stirn.

»Was schaust mich denn jetzt so an?« fragte die Barbara unter seinem prüfenden Blick.

»Weil du mir halt g'fallst. Du bist mir in der Kirch' schon aufgefalln.«

»Ist's wahr?«

»Ich lüg' ned gern. Wie heißt du denn eigentlich, schöne Jungfrau?«

»Barbara. Und weil du doch 's Fragen ned aufhörn wirst – in Öd bin ich daheim, beim Buchberger. Und wer bist denn dann du, wenn ich fragn darf?«

»Ich bin vom Bacher in Reitling, Simon heiß' ich. Der dritte von fünf Bubn.«

»Was? So viel gleich? Und mir habn keinen einzigen. Ich bin ganz allein und muß einmal den Hof übernehmen.«

Nun zündete es beim Simon. Er rückte ein bißchen näher an sie heran, so daß sich ihre Hüften berührten.

»Wenn des so ist, dann werdn ja de Burschn um dich rumschwärmen wie die Bienen in der Märzensonn'.«

»Ist ned so aus. Der Rechte ist halt auch noch ned 'kommen.«

»Ja gibt's jetzt so was auch?« Der Simon legte jetzt seinen Arm um ihre Hüfte und fragte mit Bekümmernis in der Stimme: »Sag einmal, sind denn in eurer Gegend die Mannsbilder blind? So ein sauberes Madl und allein sein. Oder bist du am End' recht heikl?«

»Des möcht' ich grad ned sagn. Aber ein bissl Lieb' sollt' schon auch dabei sein. Wenn man merkt, daß es einem grad um den Hof geht und ich erst an zweiter Stell komm', dann verliert man halt die Lust. Schließlich möcht' ja ich g'heirat' sein und ned der Hof.«

Der Simon nickte verständnisvoll und rückte noch ein bißchen näher hin.

»Von dir geht's so schön warm weg.«

»Ja, ja, ich hab' schon noch Hitzen«, lachte die Barbara und griff wieder nach seinem Bierkrügl. »Darf ich schon nochmal trinkn, gell?«

»Freilich, freilich. Wenn's leer ist, lassen wir uns wieder ein frisches einschenken. Aber was du vorhin g'sagt hast von der Lieb', die dabei sein soll – Dirndl, da hast du mir direkt aus dem Herzn geredet. Ohne Lieb', nein.« Er schüttelte den Kopf. »Lieber meiner Lebtag lang bloß eine Brennsuppe essen.«

»Gell, des sagst du auch. Ich bin ja vielleicht keine Schönheit, aber ein gutes Herz hab' ich und –«, sie strich sich über die Stirne, »meine Wimmerl ärgern mich schon auch recht. Ich war bei einem Heilpraktiker deswegn. Der hat mir einen Tee verschriebn, aber der hilft auch nichts. Weißt du auch kein Mittel?«

Der Simon trank zuerst den Rest des Bieres aus und hob das Krügl, damit die Kellnerin frisch einschenke. Dann legte er seine Hand auf Barbaras Schulter und brachte seinen Mund nahe an ihr Ohr.

»Ich wüßt' schon was, aber ich weiß ned, ob man dir so was sagn darf.«

»Mir darfst alles sagn, wenn's nur hilft.«

»Also paß auf, ich hab' da einmal sagn g'hört, ein richtiger Beischlaf oder zwei, dann gehn die Wimmerl weg.«

Die Barbara riß den Kopf zurück, der bis über die Stirn hinauf ganz rot geworden war.

»Du bist aber ein unverschämter Kerl.«

»Ich hab' dich ja zuerst g'fragt, ob ich's sagen darf. Und – gar so unrecht wär' ja des Mittel ned, oder?«

Sie sah ihn an, die Stirn zwar noch wie im Zorn gerunzelt, aber in ihrem Blick lag warme Zärtlichkeit. Sie rückte ganz an ihn hin.

»Nein, was du alles weißt. Simon, ich glaub', du bist ein ganz Abdrahter.«

Dann kam der Kaffee und für jeden Gast zwei Stück Torte. Die Barbara verschlang ihre Tortenstückl mit großer Hurtigkeit, während Simon nur mit Mühe eines hinunterbrachte. Er schob Barbara sein zweites Stück hin. »Magst es noch, Barbara?«

Sie schnaufte zuerst noch tief durch und nickte dann.

»Wenn du es nimmer magst, tu's nur her. Torten kann man ned gut einwickeln lassen. Und ich sag' mir allweil, lieber den Magen verrenken, als dem Wirt was schenken.«

Das erheiterte den Simon so, daß er vor lauter Freude ihre Wangen tätscheln mußte. Das war doch zweifellos eine gesunde Lebenseinstellung.

»Ich sag's halt, du bist ein Weiberl, Barbara, wie man sie ned alle Tag findet. Sag einmal, Barbara, wie groß ist denn euer Hof eigentlich?«

Die Barbara nahm zuerst seine Hand von ihrer Wange, weil die alten Weiber vorne am Tisch so neugierig herschauten. Besonders die Talhoferin, ihre Tante. Dann sagte sie:

»Neunzig Tagwerk sind es im ganzen bei uns. Sechzig Tagwerk Wiesen und Felder und dreißig Tagwerk Wald. Schlagbarer zum größten Teil. Wie groß ist denn euer' Sach'?«

»So um sechzig Tagwerk. Bloß ist es bei uns so, daß

der Hoferbe einmal sechs Geschwister auszahlen muß.«

»Da wird für einen ned gar so viel rausschaun?«

»Mehr wie sechstausend Mark sind ned drin, sonst könnt' der Ferdl schlecht weiterwerkeln.«

»Sechstausend«, sprach die Barbara nach. »Viel ist's ned. Aber wie ich schon g'sagt hab', d' Lieb' ist wichtiger wie 's Geld. Wie alt sind denn deine Brüder?«

Der Simon spürte nun deutlich, wie er ins Oberwasser kam. Wenn sich eine so genau um seine Familienverhältnisse kümmerte, dann war doch unweigerlich wachsendes Interesse an seiner Person da. Und die Barbara rückte auch keinen Zentimeter von ihm weg, als er seinen Arm fester um ihre Hüfte legte.

»Also, Barbara, du bist schon wirklich ein danschiges Weiberl.«

»Ich hab' dich was g'fragt, Simon.«

»Ach so, ja. Also da wär' einmal der Ferdl, der ist dreißig und wird im Herbst heiraten.«

»Kriegt der den Hof?«

»Ja, der wird Bauer. Dann kommt der Wenzl, der ist neunundzwanzig. Dann kommen ich und der Hansl. Wir sind so ziemlich gleich alt. Der Hansl ist bloß um eine Viertelstund' jünger wie ich.«

»Dann seids ja Zwilling'!«

Simon nickt und erzählt weiter, daß der jüngste Bruder Andreas heiße. Der studiere aber auf Pfarrer. Außerdem seien noch zwei Schwestern da, die Nandl und die Margret.

»Ihr seids ja eine fruchtbare Familie«, lachte die Barbara.

»Ja, ja, da fehlt sich nix. Und was mich betrifft, ich möcht' schon auch einmal ein Schüppl Kinder habn.«

»Kinder sind was Schönes«, nickte die Barbara und deutete auch noch an, daß auch sie sich ein halbes Dutzend wünsche. Sie ließ dann noch einen Seufzer hören, so tief, als käme er aus einem Brunnen herauf. Der Seufzer hörte sich gerade an, als bedauere sie im Grunde ihres Herzens, daß man, so alleinstehend wie sie, kein halbes Dutzend Kinder haben könne.

Und was den Simon betraf, er war ja nicht von gestern, war hellhörig auf diesem Gebiet und wußte die Seufzer einer Frau zu deuten. Aus solchen Seufzern sprachen eine Menge unerfüllter Wünsche, schmerzhafte Sehnsüchte, die zu erfüllen er gerne bereit war. Er hätte sie jetzt küssen mögen, aber es waren zu viele Menschen ringsum. Die Musik spielte wieder auf, und sie tanzten. Ganz eng aneinandergeschmiegt tanzten sie. »Direkt ordinär«, sagte die Tante Talhuber, an der sie nahe vorbeitanzten. Seine Wange legte der Simon an Barbaras Wange, und mit dem Daumen drückte er sie ein bißchen ins Kreuz, daß sie ihren Körper ganz nah an seinen heranschob.

»Du kannst einem warm machen«, flüsterte die Barbara und lächelte selig dabei. Und Simon sagte ihr viele nette Dinge ins Ohr, so daß die Barbara wieder seufzen mußte, nicht mehr so tief, aber lauter kleine Seufzerlein, die wie gewährende Worte waren. Sie war ja auch der Meinung, daß sie mit dem Aufblühen ihrer Herzen jetzt nicht mehr unter die vielen Menschen paßten, daß sie allein sein müßten, in einer kleinen Hütte am Berg oben vielleicht, mit einer mild leuchtenden Petroleumlampe und einem Lager aus Seegras in der hinteren Ecke.

»Hättest du so eine Hütte?« fragte Barbara.

»Hab' aber leider den Schlüssel ned dabei und außerdem sind's gute drei Stunden Fußmarsch bis zu unserer Alm 'nauf.«

Dann verkündete der Hochzeitslader, daß man jetzt »zum Wein« in die Gaststube hinuntergehen werde. Die Musik spielte die Gäste hinunter, bis auf ein paar ganz Alte oder solche, die grundsätzlich keinen Wein trinken mochten.

Drunten saßen dann die beiden nahe an der Schenke, und Simon fragte sofort die Bedienung:

»Was habt ihr denn für einen Wein?«

»Einen Gumpoldskirchner oder einen Traminer Roten. Außerdem, da ist die Weinkarte, wenn du was Besseres möchtest.«

»Selbstverständlich wolln wir was Besseres, gell, Barbara.«

Sie lasen zusammen die Weinkarte, bis sich Simon für eine Flasche »Wormser Liebfrauenmorgen« entschloß. Barbara las auch noch das Kleingedruckte darunter:

»Ansprechende Süße, reif, viel Körper, jugendfrisch, vollmundig ...«

Dann sagte sie:

»Was der alles für Qualitäten hat. Grad wie du, Simon. Aber ein bissl teuer ist er schon.«

»Des macht nix. Für so ein Prachtweiberl reut mich nix.«

Er schenkte die Gläser voll. In diesem Augenblick schlich die Talhuberin, Barbaras Tante, heran und quetschte sich auch noch auf die Bank hin.

»Na, Barbara, wie g'fällt's dir denn so?«

»Ganz gut, Tante.«

»Des glaub' ich dir aufs Wort, Barbara. Bei so einem

blitzsauberen Burschen. Du wirst jetzt wahrscheinlich nimmer mit mir heimfahrn?«

»Freilich, Tante! Wie soll ich denn sonst heimkommen?«

Die Talhuberin lächelte und deutete mit dem Daumen auf Simon.

»Der da wird dich schon heimbringen?«

»Des geht doch ned. Er ist ja ganz woanders daheim. In einer ganz entgegengesetzten Richtung. In Reitling hast g'sagt, gell, Simon?«

Simon nickte und zwirbelte nervös an seinem kleinen Bärtchen auf der Oberlippe.

»Ja, beim Bacher z' Reitling, wenn d' schon was g'hört hast davon.«

»Ist mir leider ned bekannt.« Die Talhuberin schielte auf die Weingläser hin. »Derf ich einmal probiern?« Sie trank aus Barbaras Glas. »Mhm, der ist aber gut.«

»Kostet auch sein Geld«, sagte die Barbara.

»Des kann ich mir denkn. Aber – ich stör' euch doch ned?«

»Aber nein, Tante«, sagte die Barbara. Der Simon aber runzelte die Stirn und sagte schonungslos:

»Eigentlich schon.«

»Ja, dann kann ich ja wieder gehn?«

»Bitt' schön! Wir halten dich ned auf.«

Beleidigt rauschte die Talhuberin davon, und Barbara meinte:

»Jetzt wird sie eingeschnappt sein.«

»Des macht nix. Mit solche' Leut' muß man gleich deutsch reden, sonst bringt man sie ned los.« Simon hob sein Glas. »Und jetzt, Barbara, auf dein Wohl.«

»Auf das deine auch, Simon.«

»Sagen wir gleich, auf das Wohl von uns zwei. Auf unsere G'sundheit, auf unser Glück und unser Leben.«

Die Gläser klangen hell. Hernach sagte die Barbara:

»Der Wein ist aber wirklich gut.«

»Reif halt und jugendfrisch. Grad wie wir zwei selber sind. Trink nur, Barbara.«

»Zu schnell ned, sonst krieg ich ein' Rausch.«

»A geh, so wie du g'wachsen bist!«

»Ich spür's aber schon ein bissl.«

Die Musik spielte fröhliche Weisen, keine Tanzweisen wie droben im Saal, sondern mehr zum Mitsingen und Mitschunkeln, auch wenn niemand recht wußte, warum es am Rhein so schön sein soll oder warum die Mühle im Schwarzwald so klappert.

Der Wein tat bereits seine Wirkung. Die Menschen waren nicht mehr so gehemmt, sie wußten, was sie der Stunde schuldig waren. Die Sittsamkeit war droben im Saal geblieben, herunten stachelte der Wein die Sinnlichkeit an, denn sonst könnte es doch nicht sein, daß der sonst so ehrbare Schlossermeister Hingl sich an den Schulterblättern der Heilpraktikerin, Fräulein Elisabeth, einhängen mußte. Es waren schlecht gepolsterte Schulterblätter, denn Fräulein Elisabeth pflegte ihren Patienten vorzuleben, indem sie darauf bedacht war, nirgendwo Fett anzusetzen, das Herz und Kreislauf belastete.

In der hinteren Ecke schrie ein Mädchen kreischend auf, daß man es durch die ganze Gaststube hörte:

»Tust ned gleich deine Hand weg von meinem Knie. Unter meinem Rock hast du gar nix zu suchn, daß d' es weißt.«

Ja, die schrie. Die Barbara schrie nicht. Es brauchte ja

schließlich nicht die ganze Gaststube wissen, daß auch der Simon seine Hand auf Barbaras Knie gelegt hatte. Es lag so schön rund und warm in seiner Hand, die er ganz ruhig hielt, so wie man etwa eine Kugel in der Kegelbahn in der Hand hält, bevor man sie hinausschiebt.

Draußen dämmerte bereits der Abend. Die Flasche war auch schon gleich leergetrunken. Simon schenkte der Barbara das letzte Tröpferl noch ein. Dann seufzte er.

»Find'st du ned, Barbara, daß es da herinnen verdammt schwül und dampfig ist?«

»Ja, schwül ist's, Simon.«

»Magst ned ein bissl 'nausgehn in de frische Luft?«

»Ja, gern, Simon. Aber ned miteinander. Zuerst geh' ich, und dann kommst du nach.«

»Wartest hinter der Kegelbahn?«

»Ja, Simon, aber bleib ned zu lang aus.«

Es war ein linder Abend. Sacht bewegten sich die Blätter der Kastanienbäume, die am Eingang zur Kirche standen. Dazwischen sah man noch die weißen Kerzen der Kastanienblüten.

Sie gingen sittsam nebeneinander, bis sie die Häuser und Höfe hinter sich hatten. Dann sagte die Barbara:

»Ich muß mich jetzt direkt bei dir einhängen. Ich glaub', das macht der Wein. Ganz wirblig ist's mir im ganzn Körper.«

»Vielleicht finden wir ein Platzerl, wo wir uns niedersetzn können.«

Sie fanden dann schon eine Bank, aus Birkenholz gezimmert. Aber hinter der Bank stand zwischen zwei Vogelbeerbäumen ein Feldkreuz, und die Barbara sagte aus der tiefen Überzeugung ihrer christlichen Erziehung heraus:

»Da mag ich mich jetzt niedersetzen. Ah, tut des gut. Aber in Gottes Angesicht dürfen wir uns gar nix erlauben.«

Ein wenig ernüchtert starrte Simon sie an. Ihm war gerade, als habe sie ihn von einer Klippe gestoßen, denn er war drauf und dran gewesen, sich etwas zu erlauben. Er legte den Arm um Barbaras Schultern.

»Geh, was du denkst. Ein Bussl dürfen wir uns schon erlauben. Zu was, meinst du denn, hätt' der Herrgott de Dirndln nach uns erschaffen? Weil's dem Adam zu einsam war; den ganzn Tag ist er umeinanderg'sessen und hat ned g'wußt, was er tun soll. Da hat der Gottvater Mitleid mit ihm g'habt und hat g'sagt: Adam, hat er g'sagt, des kann ich jetzt nimmer mit ansehn, wie du leidest. Ich schaff' dir jetzt ein Dirndl an, damit du was hast zum Zärteln und Schmusen.«

»Woher weißt denn du des?«

»Des ist doch schon eine uralte Weisheit.«

Und ehe die Barbara noch etwas sagen konnte, hatte er ihren Kopf in beide Hände genommen und busselte sie herzhaft ab. Ganz lange und fest, bis die Barbara stöhnend sagte:

»Wart ein bissl, Simon, laß mich bloß ein wenig Luft schnappen.«

Dann küßten sie weiter, immer mit einer kleinen Pause zum Luftschnappen. Und jedesmal ging die Barbara besser auf ihn ein, so daß er seine Meinung korrigieren mußte, sie hätte auf diesem Gebiet noch nicht recht viel erlebt.

Vielleicht war sie aber auch noch jungfräulich. Dann

lehnten sie sich zurück und waren eine Weile ganz still, bis es der Barbara einfiel:

»Du hast was g'sagt, lieber Simon, das mir gar ned aus dem Kopf gehen will.«

»Was denn, Herzerl?«

»Wie wir den Wein 'trunken habn. Auf unsere G'sundheit, hast g'sagt, auf unser Glück und auf unser Leben. Wie hast denn das g'meint, Simon?«

»Genau so, wie ich's g'sagt hab'.«

Jetzt war es die Barbara, die ihn zu einem Kuß drängte. Hernach drehte sie den Kopf rückwärts nach oben, gerade als wolle sie wissen, wie der Heiland sich zu der Sache stelle. Aber der hing so stillschweigend und leidergeben an seinem Kreuz wie seit eh und je, seit man es vor etwa hundert Jahren hier aufgestellt hat, zum Dank für die Fruchtbarkeit der Felder.

»Soll das vielleicht heißn, Simon, daß wir zwei heiraten sollten?«

Dem Simon gab es direkt einen Riß. Ihre Frage hatte ihn getroffen. Die geht ja ran wie Blücher, hätte sein Bruder Ferdinand gesagt. Aufgeregt zwirbelte er an seinem Bärtchen und erschrak plötzlich vor sich selber, denn beinahe hätte er gesagt: Da müßt' ich schon zuerst euren Hof anschaun. Das verschluckte er aber, dachte nur für sich weiter, daß da vorher schon noch verschiedenes auszureden und vor allem auch auszuprobieren wäre. Man kauft ja schließlich auch keine Katz' im Sack. Ja, er war da nun ein bißchen in Verwirrung geraten, und er suchte nach geeigneten Worten, nach hinhaltenden Worten, die ihn nicht festlegten und nicht als ein Versprechen ausgelegt werden konnten. Aber da erlöste ihn die Barbara schon aus seinen Nöten, indem sie sagte: »Wann kommst denn dann einmal zu mir nach Öd?«

»Demnächst.«

»Was heißt demnächst. Geht's denn am nächsten Sonntag ned?«

»Am nächsten Sonntag. Heut haben wir Mittwoch. Also gut, am nächsten Sonntag. Sagn wir bis um drei Uhr rum.«

»Des muß aber dann schon g'wiß sein, weil ich dann am Samstag noch einen Kuchen backen muß. Magst du ein' Marmorkuchn gern?«

»Wegen mir brauchst ned extra ein' Kuchn backn. Aber mögn tu ich ihn schon.«

»Dann zeig' ich dir auch den Hof und alles, was es bei uns zu sehn gibt.«

»Ja, da bin ich schon neugierig.«

»Aber g'wiß dann. Ned daß ich mein Kuchn allein aufessn muß.«

»Wenn ich sag', ich komm', dann komm' ich. Wie weit wird's denn nach Öd sein?«

»Mit dem Radl anderthalb Stunden, schätz' ich.«

»Ja, von da aus. Von uns aus schätz' ich schon gute drei Stunden. Ein bissl weit ist's zwar schon, aber mir ist kein Opfer zu groß für dich.«

Dann schwiegen sie. Die Dämmerung hatte sich langsam zur Nacht verwandelt. In den Höfen brannten schon die Lichter und vom Tanzsaal her hörte man den Lärm des Hochzeitsfestes. Den Frühlingswalzer spielten sie gerade. Man hörte das Stampfen der Füße, Juchzer und fröhliches Gelächter, das nur für kurze Weile verstummte, als man vom Satteltum der Pfarrkirche den Abendsegen läutete. Die Barbara nahm dem

Simon den Hut ab und hielt ihn in ihren Händen im Schoß.

Sie betete ganz still, aber mit innerlichem Flehen, daß dieser Bursch neben ihr am Sonntag bestimmt kommen möge, daß überhaupt alles, was da heute so aufgeblüht war, zur Wahrheit und zum Glück werden möge, nach dem sie sich schon so lange vergeblich gesehnt hatte. Hernach sagte sie:

»Jetzt müßt' es eigentlich schon bald wieder was zu essen geben.«

Sterne leuchteten am Himmel, als sie den Weg über den Anger zurückgingen in den Saal. Sie tanzten gleich von der Tür weg in den Saal hinein, weil es da am wenigsten auffiel, daß sie zeitweise abwesend waren. Nur die Talhuberin merkte es gleich und neigte sich zu ihrer Tischnachbarin hin.

»Schau hin, jetzt sind s' wieder da. Und ganz einen roten Kopf hat s', die Barbara.«

»Vergönn's ihr halt. Mir warn ja auch einmal jung. Und Zeit wird es ja auch allmählich, daß de Barbara unter de Haubn kommt.«

»Ob aber des der Richtige ist?«

»Mir g'fällt er. Ein sauberer Bursch.«

»Aber frech. Ich möcht' bloß wissn, wo sie g'wesn sind. Ah, da kommt ja der Kalbsbraten schon. Hoffentlich ist 's Fleisch ned wieder so zäh wie am Mittag.«

Nein, der Kalbsbraten war nicht zäh. Es gab Salate dazu und Nudeln. Die Barbara zeigte einen Appetit, als hätte sie schon drei Tage gehungert.

Nebenbei redete sie, vom Vieh im Stall, von den Feldern und Wiesen, von aufsässigen Knechten und störrischen Mägden und daß Öd nur ein kleiner Weiler

sei, mit nur zwei Höfen. Aber mit dem Nachbarn, dem Gablinger, lebe man in Feindschaft. Seit zehn Jahren schon, es habe sich um ein Waldstück gedreht, von dem ihr Vater behaupte, es seien da nachts einmal die Marksteine versetzt worden. Ihr mache das zwar weniger aus, aber auch aus einem Acker wachse zuweilen Unkraut und Böses heraus.

Simon hörte ihr aufmerksam zu und dachte, daß die Barbara eigentlich ein gutes Mädchen sei und daß man sie mit gutem Willen schon zurechtbiegen könnte, auch wenn sie beim Essen fürchterlich schmatzte.

Sie schob ihren Teller zurück und schnaufte tief.

»Ich sollt' eigentlich ned soviel essen, weil ich sowieso schon ein bissl dick bin. Aber wenn's mir halt so schmeckt. Und Essen und Trinkn hält Leib und Seel' z'amm, sagt man doch.«

»Und sagt einem vor allem, daß man g'sund ist. Und g'sund bist doch, oder?«

»Und wie g'sund. Das wirst schon noch erleben. Manchmal könnt' ich direkt Bäum ausreißen. Komm, Simon, tanzn wir wieder.«

Sie tanzten bis um elf Uhr unentwegt. Simon kam gar nicht mehr dazu, mit den andern, den Verwandten, wenigstens ein Gespräch zu führen. Die Barbara nahm ihn vollends in Anspruch.

Dann war auf einmal die Tante Talhuber wieder da, hatte bereits ihren Mantel an und fragte mit herausfordernd zurückgelegtem Kopf:

»Wie ist's jetzt? Fahrst mit mir heim, oder bleibst da?«

»Freilich, Tante. Wie sollt' ich denn sonst heimkommen?«

»Dann sag' ich dem Hausknecht, daß er einspannen soll. Aber das sag' ich dir gleich, warten tu' ich ned lang.«

Dann ging sie mit weiten, forschen Schritten zum Saal hinaus. Den Simon hatte sie keines Blickes gewürdigt, was ihn schließlich veranlaßte zu fragen:

»Wie ist denn die eigentlich zu dir verwandt?«

»Sie ist eine Schwester von meiner Mutter.«

»So ist's recht. Ist dei' Mutter auch so eine Zwiderwurzn?«

»Mei' Mutter ist grad 's Gegenteil. Die ist die gute Stund' selber. Wirst sie ja kennenlernen am Sonntag.«

»Am Sonntag? Ach so ja – ich vergeß' es nicht, daß ich komm'.«

»Ja, ja«, seufzte die Barbara, und es war ihr anzumerken, wie schwer es sie ankam, nun aufbrechen zu müssen. »Jetzt muß ich halt doch gehn. Abschiednehmen müssen wir, Simon. Gehst mit 'nunter?«

Sie gingen die breite Saaltreppe hinunter. Im Flur drunten stand die Tür zum Nebenzimmer offen. Es brannte kein Licht dort, und es war die Barbara, die den Simon in das Dunkel hineinzog, ganz wild ihre Arme um seinen Hals warf und ihn abbusselte, als wäre es für sie ein Abschied fürs Leben.

Draußen fuhr das Schweizerwagerl, mit einem Braunen bespannt, vor. Die Talhuberin saß auf dem Bock und hielt die Zügel. Die Barbara mußte sich notgedrungen von ihrem Simon wegreißen.

»Also, b'hüt dich Gott, lieber Simon. Nein, so was, dich muß mir heut der liebe Herrgott in den Weg g'führt haben. Ich freu' mich schon ganz narrisch, wenn du am Sonntag kommst. Und Angst brauchst überhaupt keine habn. D' Mutter ist eine gute Seel', und der Vater hat bei uns ned viel zu redn.«

Die Barbara huschte endlich hinaus und stieg auf das Wägelchen. Die Talhuberin schnalzte mit der Zunge, und der Braune ging sofort in scharfen Trab über.

Simon stand noch eine Weile unter dem Schein der Hoflampe des Gasthofes und hörte dem Rädergerassel nach, bis es in der Ferne unterging. Dann ging er nochmal in den Tanzsaal hinauf.

Der Bacherhof lag etwas außerhalb des Dorfes Reitling auf einer Anhöhe, von der man weit ins Land hinausschauen konnte. Im Hintergrund stand der Wald und hinter ihm stiegen die blauen Berge auf. Es war, weiß Gott, ein schöner Besitz und ein altes Geschlecht. Man wußte es nicht anders, als daß seit Jahrhunderten schon der Hof immer von einem alten Bacher auf einen Sohn übergegangen ist und daß es immer ein Bacher war, der mit schweren Schritten hinter dem Pflug ging und immer eine Bacherhand den Samen über die Erde warf.

Die beiden Zwillingsbrüder, der Hansl und der Simon, kamen gerade von der unteren Wiese herauf, wo sie Gras gemäht hatten. Das war so um neun Uhr vormittags. Wenn man die zwei Brüder nebeneinander sah, mußte man immer erst raten, wer der Hansl und welcher der Simon war, so sehr sahen sie einander ähnlich. Nur daß der Hansl unterm Haaransatz eine kleine Narbe hatte, die er sich bei einer Rauferei zugezogen hatte. Aber sonst? Jeder von ihnen hatte eine gerade Nase und darunter ein schmales schwarzes Bärtchen.

Der Morgen war schön, die Schwalben flogen hoch, und die Bienen summten in den blühenden Kirschbäumen wie eine Orgel. Fern von den Wiesen her hörte man das Rattern von Mähmaschinen. Im Hof rannte ein kleiner Zwerggockel einer fetten Rodeländerhenne um den Misthaufen herum nach und duckte sie schließlich unter seinen Schnabel.

»Schau den kleinen Krüppl an«, lachte der Hansl. »Ausgerechnet die fettesten Hennen sucht er sich raus.«

Augenblicklich fiel dem Simon die Barbara ein, die er erst gestern auf der Hochzeit kennengelernt hatte. Jedoch, das war kein rechter Vergleich, denn er war ja kein kleiner Zwerggockel, sondern ein ganz stattlich gewachsenes Mannsbild. Aber die Barbara – es war nicht so, daß er berauscht von ihr gewesen wäre, aber er mußte trotzdem dauernd an sie denken.

Als sie ihre Sensen in der Schupfe aufgehängt hatten, wollten sie in die Stube zum Brotzeitmachen gehn. Da öffnete der alte Bacher das Küchenfenster und schaute heraus:

»Simmerl, geh komm doch einmal in de Küch' rein.«

Die Bacherin wusch gerade ein riesiges Stück Geselchtes am Brunnen ab und legte es in einen Hafen mit Kraut. Der Bacher saß am Tisch und hatte sich mit der Zeitung beschäftigt. Er schob sie weg, als Simon eintrat. Er war ein großer, hünenhafter Mann, schon etwas grauhaarig, mit buschigen Brauen über hellen Augen. Diese Augen musterten kurz seinen Sohn Simon.

»Bist spät heimkommen heut nacht«, eröffnete der Alte das Gespräch.

»Derfst ja ned vergessn, daß ich einen weiten Weg g'habt hab'.«

»Einem jungen Menschen darf so was nix ausmachen. Wie ich jung war, da habn wir ned einmal ein Radl g'habt.«

»Wie war's denn auf der Hochzeit. Ist die Riettinger Tant' auch dort g'wesen?«

»Ja, de hab ich auch g'sehn.«

Die Bacherin kam jetzt auch an den Tisch und setzte sich neben Simon.

»Ja und weiter. Laß dir doch ned jedes Wort abbetteln. Wenn du auswärts auch so wenig redest wie daheim, dann kommst du nie auf eine Hochzeiterin.«

Simon lächelte bedeutungsvoll und griff nach dem Bierkrug, den der Vater vor sich stehen hatte.

»Gestern hab' ich was aufgerissn.«

Der Bacher war gar nicht erstaunt, fragte nur ganz sachlich:

»Wieviel Tagwerk?«

»Neunzig Tagwerk. Davon sind dreißig Tagwerk schlagbarer Wald.«

Der Bacher nickte, und Simon sprach weiter:

»Ich hab' ihr aber gleich g'sagt, daß bei mir ned mehr wie sechstausend Mark Heiratsgut drin sind.«

Der Alte nickte wieder und rechnete, bevor er weitere Fragen stellte.

»Hat sie noch Geschwister?«

»Nein, sie ist allein und erbt den Hof.«

»Des wär' ja ganz gut«, sagte die Bacherin. »Wie ist sie denn sonst?«

»Na ja, bei der Schönheitsverteilung hat sie grad ned laut hier gschrien, aber sonst ist s' kein unrechtes Weiberleut. Und arbeiten mag sie auch, des hab' ich an ihre Händ' g'sehn.«

»D' Hauptsach' ist ein schöner Hof, Simmerl. Von der Schönheit kannst ned runterbeißen. Ein paar Kindbetter, dann ist bei einem Frauenzimmer de Schönheit oft dahin. Mit Ausnahme deiner Mutter, selbstverständlich.«

»No ja, weißt, Vater, ein bissl mögn sollt' man sie aber schon.«

»Gar so gräuslich wird sie ja ned sei, oder Simmerl?«

»Absolut ned. Sie lauft halt mit'm Haufn. Und wenn man bloß sechstausend mitbringt, darf man keine so großn Ansprüch' stelln.«

»Eine Kuh kriegst auch mit«, versprach der Bacher, und die Bacherin wollte nicht nachstehen und fügte hinzu:

»Und Bettwäsch' zum dreimal überziehn.«

Die beiden Alten schienen richtig glücklich zu sein, einen ihrer Söhne unter die Haube zu bringen.

»Hast du vom Heiraten schon was g'sagt?« forschte der Bacher.

»Ned direkt. Zuerst muß ich mir schon den Hof noch anschaun.«

»Dann wart' ned zu lang. Ned daß dir ein anderer zuvorkommt.«

»De Angst hab' ich weniger. Am Sonntag fahr' ich hin.«

»Wo ist sie denn eigentlich daheim?«

»Öd heißt des Nest. Müssen bloß ein paar Höf' sein. Und de Gemeinde heißt Libberskirchen.«

»Des liegt ja schon bald im Flachland draußen«, erinnerte sich der Bacher. »Von da draußn hab' ich einmal ein Roß rein. Den Schimmel, glaub' ich. Aber eine fruchtbare Gegend. Da wachst der Roggen viel höher und schöner wie bei uns. Am besten wird's sein, ich fahr' mit dir hin. Da spannen wir dann die zwei Fuchsen vors Wagerl.«

Der Simon, sonst ein recht gehorsamer Sohn, wehrte diesmal entschieden ab.

»Nein, Vater, da fahr' ich allein hin, denn schließlich geht es ja um meine Person. Und soviel hast mir ja du von der Bauernschaft beigebracht, daß ich mir selber ein Urteil bilden kann.«

»Wie du meinst. Ich hab's ja bloß gut g'meint.«

»Ich fahr' auch ned mit den Fuchsen, sondern mit dem Radl.«

»Eindruck hätt' es halt einen besseren g'macht.«

»Eindruck, mein' ich, hab' ich schon g'nug g'macht auf de Barbara.«

»Ah so? Barbara heißt sie. Wie alt ist sie denn?«

Simon lehnte sich zurück und lachte.

»Da bin ich jetzt überfragt. Nach ihrem Alter hab' ich sie gar ned gefragt, aber ich schätz' sie so auf sechsundzwanzig, siebenundzwanzig.«

»Dann seid ihr ja im Alter ziemlich gleich.«

»Und in der Größ' auch«, antwortete Simon und stand auf. Als er schon bei der Türe war, rief ihm der Vater noch nach:

»Notfalls kannst auch auf siebentausend gehn. Und frag auch vorsichtshalber noch, ob Schulden auf dem Hof sind. Und noch was, Simmerl, erkundige dich auch gleich, ob die Alten dort übergeben, sonst bist ned mehr wie ein Knecht dort. Und des hast ned nötig.«

Am Sonntag war Barbara im Hochamt gewesen und hatte besonders innig darum gebetet, daß der liebe

Simon sein Versprechen halten möge. Seit jenem Mittwoch war sie wie verwandelt, denn es war ihr noch nie ein Mann begegnet, der ihr so begehrenswert erschienen wäre wie dieser Simon. Geradeheraus, sie war zum erstenmal in ihrem Leben richtig verliebt und hätte es am liebsten allen Menschen erzählen mögen, die da nach dem Hochamt auf dem Kirchplatz herumstanden. Die Weiber vor dem Kramerladen, die Männer neben der Kegelbahn beim Adlerwirt. Sie erzählte von ihrem Glück nur ihrer allerbesten Freundin, der Höglmaier Rosa, eine Bauerntochter und Hoferbin wie sie.

»Stell dir vor, Rosa, auf einer Hochzeit in Soilach, da hab' ich einen kennengelernt. Simon heißt er, ein Bauernsohn von Reitling. Ich weiß gar ned, wo des liegt.«

Die Rosa zeigte sofort aufrichtiges Interesse und freute sich für ihre Freundin, die in der Liebe, im Gegensatz zu ihr, immer ein wenig Aschenbrödl gewesen war. Die Rosa hätte an jedem Finger einen haben können, denn sie war groß gewachsen, blondhaarig und voller Schwung, von ihrem Schwanenhals bis zu den Fesseln hinunter.

»Des freut mich aber für dich, Barbara. Hoffentlich meint er es auch ehrlich?«

»Ich glaub' schon, Rosl. So kann ja ein Mensch gar ned lügn.«

»Sag das ned, Barbara.«

Sie standen etwas abseits unter dem alten Lindenbaum. Unablässig läutete das Ladenglöcklein beim Krämer, und die Mannsleute begaben sich jetzt langsam ins Wirtshaus hinein. Die Rosl wiederholte:

»Sag das ned, Barbara. De Mannsbilder haben es oft

faustdick hinter den Ohren. Ich hab' da schon Erfahrung. De tun dir recht schön ins Gesicht, drehn dir einen Schmus nach dem andern hin, und in Wirklichkeit meinen s' – in unserm Fall wenigstens – allweil bloß den Hof.«

»Ja, ja, du kannst schon recht haben«, meinte die Barbara nachdenklich. »Aber über das haben wir auch geredet, der Simon und ich. Er ist der Meinung, daß schon d' Lieb wichtiger ist wie der Hof.«

»Dann ist er halt eine Ausnahm', dein Simon. Sieht er wenigstens was gleich?«

»Ein sauberes Bürscherl, mit hellen Augen und einem kleinen, schwarzen Barterl. Ich hab' ihn g'sehn und g'schnackelt hat's auch schon bei mir. So was ist mir noch nie passiert.«

»Also, du machst mich direkt neugierig, Barbara.«

»Heut nachmittag kommt er. Ich hab' gestern schon ein' Kuchn 'backen. Schau halt ein bissl 'nauf zu uns. Auf dein Urteil leg' ich großn Wert.«

»Wenn du meinst, Barbara.«

»Ja, komm, Rosl. Tust aber so, als wenn du nichts wüßtest.«

»Gut, dir zulieb tu' ich alles. Ich freu' mich ja so für dich.«

Dann reichten sie sich die Hände und gingen auseinander.

An so schönen Tagen aß man in Öd an dem großen, viereckigen Tisch im Hausflur. Die Türe stand weit offen, und in breiten Bündeln fielen die Sonnenstrahlen herein. Man aß ziemlich schnell, denn die Dienstleute wollten ja von ihrem Sonntagnachmittag auch etwas haben.

Als dann bloß noch die Barbara mit Vater und Mutter allein am Tisch saß, sagte sie:

»Kaffee trinken wir dann in der Stubn. Ich hab' den Tisch schon 'deckt. Und wenn wir dann Kaffee getrunkn habn, dann muß es ned unbedingt sein, daß ihr hernach noch hocken bleibt. Wenn der Simon kommt, möcht' ich schon allein sein mit ihm.«

»Wenn er kommt«, sagte die Buchbergerin.

Die Barbara schaute erschrocken auf.

»Du tätst mich freun. Er hat mir's doch fest versprochen, der Simon.«

»Der da«, die Buchbergerin deutete mit dem Daumen auf ihren Mann hin, »der hat mir, wie ich noch ledig war, auch viel versprochn und g'halten hat er nix.«

Der Buchberger, ein kleiner, untersetzter Mann, mit kleinen, listigen Augen und einem mächtigen Schnauzbart, sagte nichts. Er zog nur seine Schnupftabakdose aus der Hosentasche und haute sich eine mächtige Prise auf den Handrücken. Hernach meinte er:

»Den Hof werd' ich ihm dann doch zeign dürfn?«

»Der Hof, hat er g'sagt, interessiert ihn weniger. D' Hauptsach' bin ich ihm.«

»Hoffentlich«, sagte die Mutter, »es ist ja auch an der Zeit, daß ein junger Bauer reinkommt und daß dann Enkeln umeinandlaufn. Gut, daß wir dich auf de Hochzeit nach Soilach g'schickt ham. Ursprünglich wollt' ja ich fahrn.«

Dann ging die Barbara in ihre Kammer hinauf. Sie hatte das Bett frisch überzogen, denn man kann ja nie wissen, wie so ein Brautbesuch ausgeht. Der Boden war frisch gescheuert, es roch nach Lauge und Seifenwasser. Barbara riß das Fenster weit auf, und dann stand sie eine

Weile vor der geöffneten Schranktüre und überlegte, ob sie das grüne, das blaue oder das geblümte Dirndlgewand anziehen sollte. Sie entschloß sich schließlich für das geblümte und brauchte dann noch viel Zeit, ihr Haar vor dem Spiegel wieder so zu ordnen, wie sie es bei der Hochzeit in Soilach getragen hatte. Zum Schluß betupfte sie sich noch mit Kölnisch Wasser und setzte sich dann draußen vor dem Haus auf die Bank.

Noch nie in ihrem Leben hatte sie eine solche Unruhe in sich gespürt. Es war so wunderbar still um diese Stunde und doch meinte sie, jedes Geräusch tausendfach zu vernehmen: das Gezwitscher der Vögel, das leise Lispeln im Gras und auch das Rauschen des eigenen Blutes. Die Halsschlagader klopfte wie ein Hammer, und dann war wieder etwas da wie Angst. Angst, daß Simon nicht kommen könnte. Ja, dann fiel wohl ihre Welt zusammen und alle Träume waren ausgeträumt für immer, denn dann würde sie nie mehr einem Mann glauben. Dann würde sie auch am lieben Gott zweifeln, denn niemals seit ihrer Kindheit hatte sie so inbrünstig und gläubig gebetet.

Aber nein, Simon war kein Mann platter Lügen. Zuerst nahm sie drunten auf der Dorfstraße nur einen dunklen Punkt wahr, dann näherte sich dieser dunkle Punkt in Richtung Öd, wurde immer größer und lebendiger. Zum Schluß war es halt dann doch Simon, der abgestiegen war und sein Rad über den Berg heraufschob.

Heute trug er eine schwarze Lederbundhose, ein weißes Leinenhemd und auf dem Kopf einen grünen Hut mit drei Reiherspitzen. Die graue Lodenjoppe hatte er ausgezogen und über die Lenkstange gehängt. Ganz anders sah er heute aus, gegen damals auf der Hochzeit, als er einen schwarzen Anzug trug. Viel fescher! »Ein Prachtbursch«, sagte die Buchbergerin, die mit dem Buchberger in der Stube saß und hinter den Vorhängen auf das Sträßlein hinauslugte.

Die Barbara aber hielt es nicht mehr aus, sie sprang auf und lief dem Simon entgegen, streckte ihm beide Hände hin und strahlte ihn an:

»Ich hab' mich also ned 'täuscht in dir. Du bist 'kommen. Grüß dich Gott, Simon.«

»Grüaß di, Barbara. Wenn ich einmal sag', ich komm', dann komm' ich. Gut schaust aus in dem Dirndlg'wand.« Es war ziemlich weit ausgeschnitten, und die Barbara hatte ja was zum Zeigen. Der Simon liebkoste sie mit seinen Blicken. Dann wischte er sich mit dem Taschentuch über die Stirne.

»Mußt schwitzn, Simmerl?«

»Ist auch narrisch heiß heut. Wenn nur kein Wetter kommt.«

»Meinst?«

»Dann müßt ich mich halt bald wieder auf den Heimweg machn. Ich hätt' mir gar ned denkt, daß es so weit ist.«

»Ja, freilich, so schnell kommst mir jetzt ned weiter. Notfalls habn wir ja auch ein Fremdenzimmer.«

Mittlerweile waren sie jetzt auf das Haus zugekommen. Wie es sich gehörte, standen die Buchbergers unter der Haustüre.

Die Bäuerin musterte den Simon mit kritischen Augen und nickte dann, als sei sie mit ihrer Musterung voll zufrieden. Der Buchberger lächelte vertrauensselig und reichte dem Simon gleich die Hand.

In der Stube war der Kaffeetisch bereits gedeckt, und die Barbara tat recht geschäftig.

»Gleich kriegst jetzt ein' Kaffee, Simmerl.«

»Wenn ihm zuerst ned ein Schluck Bier lieber ist«, meinte der Buchberger und sprach damit dem Simon aus dem Herzen, denn er hatte von der weiten Fahrt und der Hitze einen Riesendurst. Überhaupt verstand er sich mit dem Mann auf Anhieb gut. Die Buchbergerin war mehr mit Vorsicht zu genießen und erinnerte ihn an die Talhuberin.

»Laß dir nur d' Schneid ned abkaufn, Bub«, hatte ihm sein Vater vor dem Wegfahren noch geraten. »De müssen gleich von Anfang an wissen, woher der Wind pfeift.«

Es gab aber gar keinen Anlaß, irgendwie aufzutrumpfen oder den Herrn herauszukehren, denn es verlief alles so friedlich. Nach dem Kaffee führte ihn der Buchberger durch die Ställe und überhaupt in alle Winkel des Hofes. Simon begutachtete alles mit kritischen Blicken, zog manchmal die Stirne ein bißchen kraus, denn diese mustergültige Ordnung und Sauberkeit wie bei ihm zu Hause gab es hier nicht. Der Misthaufen zum Beispiel war schlampig aufgerichtet, ein umgestülpter Mistkarren lag obenauf, vor der Scheune lagen ein paar Schaufeln herum, und das Tor hing ganz schief in den Angeln.

»G'hört auch einmal gerichtet«, sagte der Buchberger, als er Simons kritischen Blick sah. »Ich bin gestern bloß nimmer dazu'kommen.«

Aber dann zeigte er mit einer Handbewegung über die Weite des Hügels hinunter, wo die jungen Ähren sich im leichten Wind bewegten.

»Bis ’nunter ins Dorf g’hört alles zu uns«, erläuterte er.

»Bei uns wachst leider ned soviel Getreid’«, sagte Simon, »aber schön ist das schon. Der Wald da drübn, ist das der eure?«

»Ja, rechts die Breiten ’nauf. Da hat mir der Hammel da drübn einmal Marksteiner versetzt.«

»Ich glaub’, da hat mir de Barbara was erzählt.«

»Die Barbara, ja. Ist sonst ein guts Madl, geratet mehr mir nach im Charakter wie ihr.«

Bevor sie wieder ins Haus zurückgingen, blieb der Simon nochmal stehen und faßte den Alten fest in seinen Blick.

»Ich möcht’ da schließlich, des mußt verstehn, Buchberger, bevor da endgültig was festg’macht wird, möcht ich schon wissn, wie es mit dem Übergeben ist.«

»Am Tag nach der Hochzeit geh’ ich in Austrag.«

»Dann ist’s recht. Wenn zwei auf einem Hof anschaffen, das taugt ned viel.«

Das Haus selber zeigte ihm dann die Buchbergerin. Da gab es noch öfter Anlaß für den Simon, wie in einem schmerzlichen Empfinden die Oberlippe hochzuziehn. In der Knechtekammer war noch nicht aufgebettet, die Türe zur ehelichen Kammer war nur mit einer Schnur zugehängt, die Balkontüre konnte man überhaupt nicht schließen, in der Diele waren ein paar Bretter locker. Simon hielt mit seiner Meinung keineswegs zurück:

»Da g’hört ja allerhand gerichtet.«

»Des pressiert ned. Und überhaupt, uns scheniert’s ned.«

Nur an der Barbara ihrer Kammer hatte Simon nichts auszusetzen. Er sah sich genau um und nickte. Es roch nach Kölnisch Wasser hier, und das Bett, es war ganz frisch überzogen.

Hernach ließen sich die Alten, wie ausgemacht, nicht mehr sehen, und Barbara saß mit dem Simon allein in der Stube.

»Gibst mir heut gar kein Bussl?« fragte sie, und bevor er dazu ansetzen konnte, war sie mit ihrem Schnabel schon da. Zwischenhinein gestand sie ihm ehrlich: »Hab' ich Zeitlang g'habt nach dir, Simmerl. Ist's dir auch so 'gangen?«

»Grad so«, antwortete er.

»Aber ned so arg wie ich nach dir. Wie g'fällt dir denn der Hof?«

»Ned schlecht. Aber wenn ich einmal da sein sollt', da muß gar manches anders werdn.«

»Du kannst alles machn, wie du willst.«

»Da könnt' ich mir auch nix dreinredn lassn. De Hauptsach', wenn du zu mir hältst. Fest z'ammwerkln muß man halt, dann kommt man zu was.«

»Da hast recht, Simmerl. Und ich halt' zu dir, da kannst dich verlassn drauf. Aber, wolln wir uns ned lieber auf d' Hausbank 'naussetzn bei dem schönen Wetter?«

»Ich wüßt' noch was viel Schöneres.«

»Was denn, Simmerl?«

»Ein bissl niederlegn. Drobn, in deiner Kammer. Da könnten wir uns so nett aneinanderschnuggeln.«

»Aber doch ned am hellichten Tag.«

»Mir wär's schon recht, wenn ich mich freun dürft' auf de Nacht.«

Die Barbara schnaufte tief und schnuggelte sich eng an ihn.

»Ich bin schon so weit, daß ich dir gar nix mehr abschlagn kann. Aber beim Tag? Nein!«

Dann saßen sie auf der Hausbank, hielten sich an den Händen und dem Simon war eigentlich ganz wohl ums Herz. Er war sich bereits sicher, daß er die Mädchenkammer da oben heute nochmal aufsuchen wird können. Er streichelte der Barbara die Wangen, strich ihr eine Locke aus der Stirn und durfte auch sonst allerlei wagen. Er fühlte sich sozusagen schon wie daheim hier. Da sagte auf einmal die Barbara:

»Wer kommt denn da?«

Ja, wer kam denn da so über den Hang heruntergeschwebt, so richtig durch die blühende Wiese, wie eine Frühlingsfee. Der weite Faltenrock schwebte um ihre schlanken Beine wie eine Fahne, und in dem Blondhaar spiegelte sich die Sonne, daß es wie golden aussah. Dem Simon gab es direkt einen Riß.

»Wer ist denn das?«

»De Höglmaier Rosl, meine beste Freundin. Daß de ausgerechnet heut daherkommen muß.«

Inzwischen war die Rosl herangekommen, ließ ihren Blick kurz über den Simon hinhuschen und sagte dann:

»Du hast B'such? Des wenn ich g'wußt hätt', wär' ich ein andersmal 'kommen. Ich will ja ned störn.«

Bevor die Barbara antworten konnte, sagte Simon schon.

»Aber du störst doch in gar keiner Weise.«

»Na, dann setz' ich mich halt ein bissl nieder.« Sie setzte sich rechts neben Simon auf die Bank, so daß Simon scherzen konnte, daß er nun zwischen zwei Rosenstöcken sitze. Die Barbara nahm sogleich seine Hand und ließ sie nicht mehr los.

»Das ist der Simon Bacher von Reitling. Ich hab' ihn auf der Hochzeit in Soilach kennengelernt am Mittwoch. Und heut' ist er schon 'kommen.«

»Respekt, sag' ich. Des ist aber ein weiter Weg von Reitling bis daher, mein' ich.«

»Er hat g'sagt, der Simon, für mich ist ihm kein Weg zu weit«, sagte die Barbara wie im Triumph.

»Das laßt sich hörn. Des freut mich für dich, Barbara. Weißt, de Barbara ist nämlich meine beste Freundin.«

»Sie hat mir's schon g'sagt«, nickte Simon und sah die Rosl immer wieder an. Ganz seltsam erging es ihm auf einmal. Das, was da nun zu seiner Rechten saß, das war so vollendet an Schönheit und Wuchs, wie man es nur auf Bildern alter Maler sehen konnte. Ihre Stimme war dunkel und doch schmeichelnd. Und ihre Augen, leuchtete da nicht der blaue Himmel heraus? Und wenn sich ihre Augen trafen, dann war es, als leuchte eine Glut heraus, die sie beide versengen könnte. Es war so, als säßen zwei Pole nebeneinander, die sich mächtig anzogen.

Es kam eine angeregte Unterhaltung in Gang. Simon war ein prächtiger Plauderer, erzählte von daheim, streute lustige Episoden mit ein, daß die Barbara oft hellauf lachen mußte. Nur die Rosl blieb merkwürdig ernst dabei. Ihre Nasenflügel vibrierten manchmal, und ihr Mund blühte so rot.

Da fiel es der Barbara plötzlich ein:

»Jesses, ich lass' dich da sitzn, Rosl, und denk' an nix. Du magst doch sicher auch eine Tass' Kaffee.«

»Mach dir wegen mir keine Umständ', Barbara.«

»Ist ja noch einer da von vorhin.«

Die Barbara stand auf und ging ins Haus. Ganz kurz

nur, aber die paar Minuten reichten aus, daß sich Simon und die Rosl in die Augen sehen konnten, ganz tief und schweigend und doch vielsagend. Nur einmal öffnete die Rosa ihren Mund und ließ dem Simon wissen:

»Ich hätt' auch einen großen Hof daheim.«

»Wo wär' denn des?«

»Beim Höglmaier in Wall wär' des. Ist leicht zu erfragen. Kommst einmal?«

»Ganz ausgeschlossn wär' des ned.«

Dann konnten sie nicht mehr weiterreden, denn die Barbara kam bereits mit einer Tasse Kaffee. In der andern Hand hatte sie ein Stück Kuchen.

Eine Stunde lang blieb die Rosa noch, dann mußte sie heim, weil eine Magd krank geworden sei und heute sie mit in den Stall gehen mußte. »Es hat mich recht gefreut, dich kennenzulernen«, sagte sie zum Simon zum Abschied, und sie drückte ihm so fest die Hand dabei, daß er nicht anders konnte, als wieder zu drücken. Wie die Besiegelung eines Versprechens mutete das an. Aus gesenkten Brauen heraus sah ihr dann der Simon nach, wie sie über den Hang hinaufging, diesmal die Hände auf dem Rücken verschränkt und den Kopf gesenkt, als habe sie über etwas nachzudenken.

»Was sagst denn zu ihr?« fragte die Barbara nach einer Weile.

»Eine nette Person.«

»Meine beste Freundin. Ich hab' sonst keine. Mir haben uns in der Schul' schon so gut verstanden. Wie es ihr de Augn aufgrissn hat, wie sie dich g'sehn hat.«

»Des ist mir gar ned aufg'falln.«

»Jetzt sind wir aber Gott sei Dank wieder allein. Bleibst schon noch zum Abendessen da?«

»Wenn du meinst. Aber dann komm' ich halt in d' Nacht eine zum Heimfahrn, weißt. Und b'halten wirst mich ned. Oder?«

»Des hab ich ned direkt g'sagt. Meine Leut derfn halt nix merkn.«

»Blöd wär's schon, wenn ich ganz umsonst herg'fahrn wär'.«

Die Barbara dachte ein bißchen nach und tüftelte einen ganz netten Plan aus, der ihn schmunzeln ließ.

So verständnisvoll ist die Barbara. Sie streichelt seine Wange und redete ihm gut zu, wie eine Mutter ihrem Kinde:

»Ich glaub' dir's schon, Simmerl, daß d' müd bist. Es war ja auch eine weite Fahrt. Ich seh' dir's ja an, daß d' Schlaf hast. Magst dich ned 'nauflegn in meine Kammer? Zum Abendessen weck' ich dich dann wieder auf.«

Sie weckte ihn aber nicht auf. Erst die jungen Hähne weckten ihn um drei Uhr in der Früh' auf, als sie zu krähen anfingen. Und da war es höchste Zeit, daß Simon an den weiten Heimweg dachte, den er vor sich hatte. Als er sich angezogen hatte, zog er der Barbara behutsam die Zudecke bis ans Kinn hoch. »Daß d' dich ned erkältest«, sagte er dabei mehr zu sich selber. Davon aber wachte die Barbara auf und fragte schlaftrunken:

»Kommst am nächsten Sonntag wieder, Simmerl?«

»Kann sein, kann aber auch ned sein. Nix G'wisses weiß man ned.«

Dann stieg er zum Balkon hinunter, holte sein Fahrrad aus dem Schupfen und fuhr weg. Als er das Dorf bereits hinter sich hatte, waren die letzten Sterne am Erlöschen. Aber was sich da drüben auf dem Hügel aus den Frühnebeln undeutlich heraushob, das mußte wohl dieser Höglmaierhof von Wall sein. Dann las er auch auf einem Wegweiser: Nach Wall 3 km. Er nickte vor sich hin und trat wuchtig in die Pedale.

Der Höglmaier war ein Herrenbauer, politisch aufgeschlossen und allem Fortschrittlichem zugetan. Er stand am Pflanzgartenzaun, als an jenem dritten Sonntag im Mai dieser flotte Bursche aus Reitling auf seinem Fahrrad, an dem soviel Nickel glänzte, zum zweitenmal auf den Hof kam. Der Bauer trug der Hitze wegen seine Joppe über dem Arm und wollte gerade zum Sonntagsbier gehen. Simon lehnte sein Fahrrad gegen den Zaun und brachte sein »Grüß Gott« ein wenig verlegen heraus.

»Auch soviel«, sagte der Höglmaier, griff in seine obere Westentasche, zog eine Zigarre heraus und zündete sie an.

Simon hatte etwas Angst vor diesem selbstsicheren, schlanken Mann, der dastand, als lebe er gerade seine zweite Jugend und von dem er durch die Rosl wußte, daß er im kommenden Herbst als Landtagskandidat von seiner Partei aufgestellt war. Aber seine Liebe zu der schönen Tochter war eben doch stärker als die Angst vor dem Vater. Ja, unsterblich hatte er sich in die Rosa verliebt und sie sich in ihn. Wenn er nur wüßte, wie man diesen Mann in ein Gespräch bringen könnte. Warum war Rosa nicht zur Stelle? Sie wußte, daß er kommen würde. Schließlich fiel ihm dann doch eine Belanglosigkeit ein, und er sagte:

»Also eine Aussicht hat man von euch da herobn, des ist gar ned zu beschreibn.«

Der Bauer blies den Rauch seiner Zigarre an Simons Gesicht vorbei und lächelte ihn an:

»Das hast zwar am letzten Sonntag schon g'sagt. Aber wegen der schönen Aussicht bist ja ned 'kommen, oder? De schöne Aussicht ist drin in der Stubn und wartet auf dich.«

»Ja, dann werd' ich halt einmal eineschaun zu ihr.«

»Zuerst noch auf ein paar Wörtl. Wie ist des also, de Rosl sagt mir, daß sie dich heiraten möcht' und sonst keinen. Ich weiß zwar ned, was an dir so B'sonderes dran ist, aber sie bildet sich's halt einmal ein.«

»Wenn's nach mir ging am liebsten schon nächste Woch', und wenn du nix dagegen hast.«

»Es tät ned viel helfn. Meine Tochter hat ihren eigenen Kopf und setzt ihn durch. Und was dich betrifft, ich hab' mich schon erkundigt, Bauer scheinst kein schlechter zu sein, euer Hof ist in Ordnung, hab' ich mir sagn lassn, und wenn auch sechstausend Mark Mitgift, wie de Rosl sagt, grad ned viel ist ...«

»Notfalls ging der Vater auf siebentausend«, unterbrach ihn Simon.

»Ist auch ned der Haufn. Aber um was es mir in der Hauptsach' geht, auf Wall g'hört ein guter Bauer, denn wenn ich im Herbst in Landtag g'wählt werd', dann hab' ich nimmer viel Zeit zum Bauer sein.«

»Du kommst bestimmt in den Landtag. Bei uns im Haus wähln dich alle, des kann ich garantiern.«

»Des hör' ich gern. Und jetzt laß dich nimmer aufhaltn. De Rosl wart' schon, und ich möcht' jetzt zu meinem Sonntagsbier.«

Als er schon ein Stück weg war, drehte er sich nochmal um:

»Kannst du Schafkopfn auch?«
»Ich denk' schon, daß ich gut spiel'.«
»Dann ist's recht. Uns fehlt sowieso allweil ein vierter.«

Die Rosa kam jetzt heraus. Du lieber Gott, wie sie wieder ausschaute. Wie das blühende Leben. Sie haben sich so viel zu sagen und zu bekennen und entdecken immer Neues an sich. Sie erzählen sich aus ihrer Kindheit und Jugend, und die Rosa fragt wohl auch einmal dazwischen: »Warum sind wir zwei uns nicht schon früher begegnet?«

Ja, das fragt sich Simon auch.

Nur von der Barbara sprechen sie nicht.

Die Heuernte ist nun in vollem Gang. Eines Vormittags sind Simon und der Hansl in der Tenne und laden die Heufuder vom Tag vorher ab, als der Jäger Brandner am Bacherhof vorbeikommt und dort ausrichtet, es möge doch jemand auf die Alm hinaufkommen, weil sich die Margret das Knöchl verstaucht habe und kaum mehr auftreten könne. Keinen Doktor, nein. In ein paar Tagen werde das schon wieder vorüber sein.

Simon muß gehen. Er war ja voriges Jahr auf der Alm gewesen und weiß auch sonst gut Bescheid. Die Bacherin packt eine Flasche Arnika ein und ein paar gute Ratschläge. Mit Arnika fest einreiben und Huflattichblätter überlegen und den Fuß hochlegen und ruhen lassen.

Simon macht schnell noch Brotzeit, dann macht er sich auf den Weg. Drei Stunden waren es bis zur Alm hinauf, und er mochte vielleicht erst ein Drittel des Weges zurückgelegt haben, als ein recht merkwürdiges

Gefährt in den Hof kam. Ein langbeiniger Rappe und ein viel kleinerer Schimmel waren vor eine altmodische Kutsche gespannt, und unter dem vorgeschlagenen Dach saß die Barbara.

Der Hansl stand gerade unter dem Tennentor. Ohne die Barbara persönlich zu kennen, wußte er sofort, daß sie es war. Das also war sie, von der ihm Simon vorgeschwärmt hatte, eine vortreffliche Seele, mit einem Hof, der sich sehen lassen konnte. Das wäre gerade das richtige Weiberl für ihn, den Hansl. Vielleicht, ja, ganz sicher hätte er sie selber genommen, aber da sei ihm halt was Besseres über den Weg gelaufen und da könne er nun nicht mehr zurück.

»Wenn's grad wär, dann müßtest du mir, lieber Hanslbruder, aus der Patsche helfn. Umsonst brauchst es auch ned tun. Ich zeig' mich dann schon erkenntlich. Aber ich glaub' gar nimmer, daß sie sich jetzt noch rührt.«

Und nun war diese Barbara da. Sie stieg aus der Kutsche und sah sich um.

»Gar ned so übel«, sagte sich der Hansl und ging auf sie zu. Die Barbara lächelte ihn an und sagte mit leisem Vorwurf in der Stimme:

»Ja, sag einmal, Simmerl, was ist denn mit dir los? Warum bist denn du nimmer 'kommen? Wo ich doch so nett war zu dir. Oder bin ich ned nett g'wesen zu dir? Gar kei' Ruh' hat's mir gelassen und hab' soviel Ängste ausgestanden, ob du damals doch gut heim'kommen bist. Ich hab' es nimmer ausg'halten, de Ungewißheit, und jetzt bin ich halt da.«

»Ja, jetzt bist da«, lächelte der Hansl und zwirbelte an seinem Bärtchen. Er trat von einem Fuß auf den andern und fragte dann in seiner Verlegenheit: »Soll ich dir ausspannen und de Ross' in den Stall tun?«

Die Barbara schaute überrascht auf. Die Stimme irritierte sie ein wenig. Sie war langsamer, bedächtiger, etwas dunkler im Klang. Auch wie er sie anschaute, es war ein so warmer, gütiger Blick.

»Ausspannen meinst?« fragte jetzt die Barbara und schaute ihn wieder an, lange und forschend. Sie war auf einmal unruhig geworden und wußte nicht, warum. Dann schüttelte sie den Kopf. »Soviel Zeit hab' ich ned, wir sind ja auch mitten in der Heuarbeit. Die große Breiten habn wir gestern g'mäht, weißt es ja, die sich bis ins Dorf 'nunterzieht.«

Wie sie das gesagt hatte, wußte der Hansl, daß er jetzt nicht lügen konnte und nicht durfte. Er trat vor sie ganz nahe hin.

»Barbara – ich muß dir was sagn. Weiß bloß ned recht, wie ich's dir sagn soll.« Er geriet ein wenig ins Stocken. »Du schaust mich – ich mein' – du verwechselst mich – ich bin nämlich gar ned der Simmerl, sondern der Hansl.«

Es wäre nun anzunehmen gewesen, daß die Barbara über alle Maßen erschrecken würde. Aber sie schaute den Hansl nur versonnen an, bis sie endlich sagen konnte.

»Du bist also dann der Zwillingsbruder? Wo ist denn dann der andere?«

»Der Simmerl hat auf de Alm müssn. Und – er hat ja auch gar keine Ahnung g'habt, daß du plötzlich aufkreuzen könntest.«

»Meinst, daß es ihm vielleicht gar ned recht g'wesen wär'?«

Der Hansl hob die Schultern und ließ sie wieder sinken.

»Da kann ich nix Genaues sagn. Möglich wär' es schon. Der Simmerl hat's nämlich ned gern, wenn er überrumpelt wird. Aber eins kann ich dir versichern, Barbara, mich freut es narrisch, daß du da bist und daß ich dich kennenlernen hab' dürfen. Und jetzt keine Widerred' mehr, de Ross' werden jetzt ausgespannt, und du kommst mit ins Haus und tust mit uns zu Mittag essen. Des wär' ja noch schöner, herfahrn und gleich wieder wegfahrn, kaum daß man sich g'sehn hat.«

Sie brachten miteinander die Pferde in den Stall. Der Hansl schüttete ihnen Hafer vor und sagte nebenbei der Barbara soviel Schmeichelhaftes über ihr gutes Aussehen und wie er es gleich gemerkt habe, daß sie eine ganz vortreffliche Person sei. Unvorsichtigerweise rutschte ihm dann auch noch heraus:

»Ich glaub' gar ned, daß mein Bruder g'wußt hat, was er an dir hat.«

Die Barbara war gerade in solchen Sachen recht hellhörig und fragte scharf zurück:

»Soll des vielleicht heißen, daß der bereits schon alles vergessen hat?«

Der Hansl wagte es und strich der Barbara ganz zart über die Wange.

»Ich möcht' natürlich über mein Bruder nix sagn, aber – möglich wär' des schon. Er war ja allweil ein bissl flatterhaft, unser Simmerl.«

»Ja, das kommt mir schon auch bald so vor. Du, mein' ich, bist der Bessere von euch zwei.«

»D' Mutter sagt es wenigstens allweil.«

Und tatsächlich, die Bacherin sagte es dann auch

beim Mittagessen. Barbara saß mit am Tisch und wenn ihr auch am Anfang zum Heulen zumute gewesen ist, man kam ihr hier allerseits mit großer Herzlichkeit entgegen. Um einen Vergleich zu ziehen, es war gerade so, als wenn sie einen goldenen Fisch an der Angel hätten und eifrig bestrebt wären, ihn nicht mehr loszulassen. Ganz warm wurde der Barbara ums Herz bei soviel Wohlwollen. Am wenigsten von allen sagte der Hansl. Er schaute die Barbara nur immer verstohlen an, er war es auch, der der Barbara einen dritten Knödl aus der Schüssel stach und auf ihren Teller legte, während der Bacher nochmal das große Messer ansetzte und für die Barbara ein zweites Stück vom Schweinebraten abschnitt. Es half der Barbara nichts, daß sie sich wehrte und sagte, daß sie bald nicht mehr könne.

»Ja, freilich. Essen muß der Mensch«, lachte der Bacher. »Des halt Leib' und Seel' z'amm. Und wenn eins schon eine so weite Reis' z'rücklegt...«

»Umsonst z'rücklegt«, warf die Barbara ein.

»Ganz umsonst soll's ned g'wesen sein«, sagte der Hansl und schaute sie wieder treuherzig an.

Das sagte er ihr auch draußen im Stall nochmal, als er ihr die Pferde wieder einschirrte.

»Hast jetzt des G'fühl, Barbara, daß d' ganz umsonst herg'fahrn bist?«

Sie schüttelte den Kopf.

»Wenn ich den andern auch ned zu sehn 'kriegt hab', dich hab' ich wenigstens kenneng'lernt. Und du scheinst mir tatsächlich der Bessere zu sein. Kommst ned einmal und schaust dir unsern Hof an?«

»Ich bin nächsten Sonntag da wie ein Zeiger. Da kannst dich verlassn drauf.«

»Ja, einmal vielleicht und dann nimmer, so wie der andere.«

Sie konnte den Namen Simon schon nicht mehr aussprechen. Er war »der andere« geworden.

»Des brauchst ned glaubn, Barbara. Ich bin anhänglich wie ein Zecken. Wenn ich einmal jemand mag, dann bringt mich nix mehr draus.«

Sie führten die Pferde aus dem Stall und spannten sie vor die Kutsche. Sie gaben sich die Hand, und der Hansl sagte: »Barbara, du glaubst gar ned, was ich dafür gäb', wenn ich jetzt mit dir mitfahrn könnt'.«

»Es geht aber wohl ned. Ihr seid ja auch mitten in der Heuarbeit. Und daheim, da hast es ja doch recht schön.«

»Aber was bin ich denn daheim? Ein besserer Knecht.«

Er half ihr ins Gefährt und gab ihr die Zügel in die Hand. Von ihrem hohen Sitz herunter sagte dann die Barbara, ihm fest in die Augen blickend:

»Ich könnt' dich zum Bauern machn. Aber darf man einem Zwilling trauen? Der andere – oh, ich kenn' mich schon aus, der hat mich sitzen lassen. Ehrlich g'sagt, du g'fallst mir besser, mit deinem Charakter, mein' ich. Aber – ein gebranntes Kind scheut das Feuer.«

»Bei mir brauchst nix scheun, Barbara. Sag bloß ein Wörtl, dann bin ich am nächsten Sonntag bei dir.«

»Des müßt' ich aber schon g'wiß wissn, weil ich dann einen Kuchn back'.«

Der Hansl hob drei Finger in die Höhe.

»Ich schwör dir's, Barbara, daß ich komm'. In aller Herrgottsfrüh fahr' ich schon weg.«

»Dann kämst grad zum Mittagessen recht. Was magst denn gern?«

»Des ist doch ned so wichtig. Wichtig bist bloß du. Aber Gulasch und Spaghetti, die mag ich sonst schon gern.«

»Gut, Gulasch und Spaghetti. Ich werd' mir's merken. Und jetzt b'hüt dich Gott, Hansl. Ich dank dir schön für alles.«

»Nix zu dankn Barbara. Und komm gut heim.«

Das Gefährt ruckte an. Die Barbara lugte noch unter dem Dach heraus und winkte heftig mit der Hand und hätte dem Hansl am liebsten noch zugeschrien, was sie dann doch lieber vor sich allein hinsagte:

»Der g'fällt mir besser wie der andere. Und dich lass' ich nimmer aus, Hansl. Da kannst Gift drauf nehmen.«

Der Hansl brauchte kein Gift zu nehmen. Diese Barbara gefiel ihm ausnehmend gut. Er verstand seinen Bruder Simon gar nicht, wie der so ein Prachtweiberl hat sitzenlassen können. Freilich, als er dann die Höglmaier Rosa kennenlernte, die mit ihrem Vater eines Abends mit einem Auto, von denen es in der Gegend erst wenige gab, ankam, da konnte er den Simon wohl verstehen. Sie sahen sich zwar gleich, die zwei Brüder, aber in ihrer Art waren sie doch verschieden. Simon paßte viel besser zu dieser hochgewachsenen, rassigen Rosa. Der Hansl war mehr für das Mollige, das kam seiner weichen, gutmütigen Art besser entgegen. Ja, es war gerade so, daß er dem Bruder in herzlicher Dankbarkeit verbunden war, weil er ihm die Barbara überlassen hatte.

Mit einem Tempo und resoluten Eifer, den man der Barbara gar nicht zugetraut hätte, steuerte sie auf einen schnellen Hochzeitstermin zu, und die Leute staunten nicht wenig, als der Pfarrer am Sonntag nach seiner Predigt noch ein Zettelchen aus dem Gebetbuch nahm und verkündete:

»Zum heiligen Sakrament der Ehe
haben sich versprochen
die Jungfrau Barbara Buchberger von Öd mit dem Bauernsohn Johann Bacher von Reitling.«

Nach der Kirche schlängelte sich die Talhuber Tante an die Barbara heran und wollte wissen:

»Ist es der, den du auf der Bichlbauernhochzeit in Soilach kennengelernt hast.«

»Ja, derselbe ist es.«

»Ich hab' aber g'meint, der heißt Simon?«

»Da hast dich verhört, Tante. Hansl heißt er.«

»So, so, na ja. Mir ist es gleich. Die Hauptsach' ist, daß du jetzt endlich unter die Haubn kommst und recht glücklich wirst mit ihm.«

»Des glaub' ich ganz bestimmt, Tante.«

So fand denn also diese Hochzeit statt, eine große Bauernhochzeit mit allem Drum und Dran. Die beiderseitige Verwandtschaft war groß. Nur der Simon blieb dieser Hochzeit fern. Er bewirtschaftete lieber die Alm und schickte seine Schwester Margret zu dieser Feier.

Auch die Höglmaier Rosa wurde nicht eingeladen, denn Barbara hatte erfahren, was da hinter ihrem Rücken gespielt worden war. Sie nannte jetzt die Rosa nicht mehr ihre beste Freundin, sondern ein raffiniertes Mistvieh und den Simon einen falschen Hund.

Dieser falsche Hund heiratete vier Wochen später tatsächlich das raffinierte Mistvieh. Weiß Gott, ein schönes Paar. Bei dieser Gelegenheit bewies der Hansl, daß er seinen Mann stehen konnte, denn als die Barbara verlangte, daß man nicht zu dieser Hochzeit ginge, da schlug er mit den Knöcheln seiner rechten Hand nachdrücklich und bestimmt auf den Tisch und erklärte:

»Wenn du ned hingehst, ich zwing' dich ned. Aber ich gehe, denn schließlich ist er mein Zwillingsbruder. Ich will keine Feindschaft.«

Die Barbara erschrak über soviel Heftigkeit, fügte sich aber dann gehorsam seinem Willen, denn sie hatte ihn wirklich lieb. Er hatte sie mit seiner Liebe und Fürsorge schließlich vergessen lassen, daß sein Ebenbild sie einmal betrogen hatte.

So ging der ernteschwere Sommer dahin mit ein paar heftigen Gewittern, die dennoch gnädig über die Landschaft niedergingen und nicht mit Hagel das Brot zerschlugen, das auf den Halmen reifte.

Eines Abends ging der »junge Buchberger« mit seiner Frau Barbara, wie sie es öfters taten, über die Fohlenweide hinauf und dann am Rande des großen Roggenfeldes hin. In der rechten Hand führte er seine Frau, mit der Linken griff er zuweilen in eine Ähre, ob die Kerne noch milchig seien.

»Nächste Woche«, sagte er dann, »schneiden wir das Korn.«

»Wie du meinst, Hansl.«

Dann saßen sie unter der großen Buche am Rain, von wo man hinübersehen konnte nach Wall. Hansl hatte seinen Arm um Barbaras Schultern gelegt. Er redete nicht viel, dieser Hansl, im Gegensatz zu seinem Bruder Simon war er ein Schweiger. Die Barbara hatte ihren Kopf an seine Schulter gelehnt. Die große Feierabendstille war um sie, und vom Dorf herauf hörte man die Abendglocke läuten. Ganz friedvoll war den beiden ums

Herz, und der aufkommende Nachtwind, der in den Blättern der alten Buche rauschte, war wie die Melodie einer Versöhnung, die ihre Herzen bewegte.

»Eigentlich«, sagte der Hansl dann in das feierliche Schweigen hinein, »eigentlich, wenn ich es so bedenke, dürften wir dem Simon gar ned bös sein, denn ihm habn wir es doch zu verdanken, daß wir zwei beieinander und glücklich sind.«

Die Barbara nickte. Sie konnte ihm nicht widersprechen, denn – war es nicht so, daß sie im Herzen seine Güte pries und in seiner Liebe selig war? Der andere wäre längst aus ihrem Herzen verschwunden und vergessen, wenn nicht etwas sie immer an Simon erinnern würde, so schreckhaft oft, daß sie nachts manchmal aufschrie und erst wieder ruhig wurde, wenn der Hansl ihr seine Hand auf die Wange legte.

Man wollte aber auch auf der anderen Seite, drüben in Wall, keine Feindschaft. Schickte doch tatsächlich zu Weihnachten die Rosa durch die Post ein Brieflein herüber mit einem Bild, auf dem die Muttergottes das Jesuskind auf den Armen hält. Darunter stand:

Herzliche Weihnachtsgrüße und ein glückliches Neujahr für die lieben Schwägersleut.

Darunter stand dann noch: Und auch sonst eine gesegnete Zeit.

»Siehst du«, sagte der Hansl, »die wolln auch keine Feindschaft mit uns. Er ist halt doch mein Bruder. Und jedesmal wenn ich ihn sonntags im Dorf drunten treff', fragt er mich, wie es uns geht.«

»So? Dann sag ihm nur, daß du mir viel lieber bist wie er.«

Und die gewünschte »gesegnete Zeit« ging um Maria

Lichtmeß zu Ende. Sie ging ein bißchen zu früh zu Ende, und die Hebamme wunderte sich, daß ein Siebenmonatskind doch so kräftig und ausgewachsen sein konnte.

»Ich hab' ihr ja allweil g'sagt«, lamentierte der Hansl, »allweil hab' ich ihr g'sagt, sie soll sich schonen. Aber nein, sie muß des schwere Schaffl aufhebn und in den Stall 'nübertragn.«

»Trotzdem, das Kindl ist frisch und gesund. Was willst denn noch mehr?«

Ja, gesund war er, der kleine Erdenbürger männlichen Geschlechts. Die Barbara sättigte ihn mit inniger Dankbarkeit und Liebe an ihrer Brust und offenbarte eine große Bereitschaft zur Versöhnung, als der Hansl die Sprache darauf brachte, ob nicht doch seine Schwägerin Rosa von Wall drüben die Taufpatin machen dürfe. Sie habe gebeten darum.

Die Barbara dachte lange darüber nach und meinte dann:

»Aber Simon mag ich ned, daß der Bub heißen soll.«

Andreas wurde der Bub getauft. Die Taufpatin Rosa hatte ihn reich und vornehm ausgestattet mit allem, was eine Patin einem Täufling zu geben hatte.

Hernach saß man dann auf Öd in der großen Stube beim Taufschmaus zusammen. Die Barbara, noch ein wenig schwach, saß hinten am Ofen auf dem Kanapee und wippte mit dem Fuß die Wiege, in dem das Kind ruhig schlummerte.

»Und bei der Tauf' hat er so 'plärrt«, sagte seine Patin Rosa.

»Das macht nix«, sagte Simon, der seine Rosa und den Täufling mit dem Wagen zur Kirche und wieder zurück gefahren hatte. »Dann kriegt er wenigstens eine gesunde Lung'.« Dann stand er auf und trat an die Wiege. Ganz stumm und nachdenklich betrachtete er den Säugling. »Ein sauberes Bürscherl«, sagte er dann und dachte an die Stunde, die er im Kalender nachgerechnet hatte, von wegen der sieben Monate.

Dann ging er mit dem Bruder im Hof umher, den er ja kannte, deutete mit dem Kinn zur Stallmauer hin und meinte:

»Den darfst einreißn, wann du magst, und neu aufbaun.«

»Nächstes Jahr hab' ich's im Sinn.«

»Ich liefere dir dann Sand und Kies umsonst«, versprach der Simon.

»Umsonst muß es ned unbedingt sein.«

»Jawohl, umsonst. Ich hab' dir ja damals versprochen, daß ich mich erkenntlich zeigen werd'.«

»Aber du hast mir zu meinem Glück verholfen, Bruder. Des möcht ich dir auch ned vergessen.«

Simon hätte so manches fragen mögen, aber er unterdrückte seine Fragen. Was sollte es denn auch? Er lebte mit seiner schönen Bäuerin in einer harmonischen Welt und grübelt nicht mehr über die Vergangenheit nach. Was ging ihn denn Barbaras Stirn noch an, die jetzt so fleckenlos rein war, so ganz ohne Wimmerl?

Die Jahre vergehn. Auf Öd kamen Zwillinge zur Welt, und Simon in Wall steht seinem Bruder nicht nach. Auch dort gab es im dritten Sommer Zwillinge. Wunderlich sind doch Gottes Fügungen, und hält nicht er das Glück seiner Menschenkinder in der Hand?

Der Bittgang

In aller Herrgottsfrüh' um halb fünf Uhr läutete im Pfarrhaus zu Rampfing das Telefon. Der hochwürdige Herr Pfarrer Nepomuk Kreindl schreckte aus dem Schlaf und griff nach dem Hörer.

Wenn um diese Zeit das Telefon läutete, dann konnte es sich nur um einen Versehgang handeln.

»Hier Pfarramt Rampfing!«

»Bitte vielmals um Entschuldigung«, kam es vom anderen Ende her, »daß ich zu solch früher Stunde schon anrufe . . .«

»Das macht nichts, ich hätte sowieso aufstehen müssen, weil das Telefon geläutet hat. Wer ist denn dort?«

»Hier Pfarramt Egglheim.«

»Ach, Sie sind's, Herr Amtsbruder. Was gibt es denn?«

»Es dreht sich um den Bittgang. Sie kommen doch heute mit den Rampfingern hierher mit dem Bittgang.«

»Sicher, sicher. Ich glaub', der Brauch besteht schon seit über hundert Jahren.«

»Hundertfünfzig genau, wie ich nachgelesen habe.«

»Sie sind scheint's besser informiert als ich. Aber um was geht es denn wirklich?«

Zuerst ein Gähnen am andern Ende der Leitung, so daß Pfarrer Kreindl versucht war, seinen Amtsbruder in Egglheim zu fragen, ob er noch nicht ausgeschlafen habe. Dann kam die Stimme wieder: »Es dreht sich darum, daß unsere Burschen den Rampfingern den Maibaum haben stehlen wollen und . . .«

»Mit blutigen Köpfen heimgeschickt worden sind. Das schreit selbstverständlich nach Rache, nicht wahr?«

»So selbstverständlich finde ich das wieder nicht. Sagt doch unser Herr und Meister schon: mein ist die Rache. Aber um zur Sache zu kommen. Am letzten Sonntag hab' ich eine geharnischte Predigt an meine Schäflein gerichtet und darauf hingewiesen, daß jede Rauferei beim Bittgang zu unterbleiben habe, zumal ja die Rampfinger als äußerst renitent bekannt sind.«

»Da fehlt schon den Egglheimern auch nichts«, meinte Pfarrer Kreindl. »Die Egglheimer sind vielleicht nicht ganz so aggressiv, dafür aber um so hinterlistiger.«

Aus Egglheim kam die Antwort:

»Soweit ich nun die Sache überblicken kann, haben die älteren Burschen bei uns die Vollstreckung der Rache auf die kleineren Buben übertragen. Gestern erwischte ich zwei von meinen Ministranten, wie sie einen Haufen faustgroßer Steine hinter der Friedhofsmauer auftürmten. Bei Einbruch der Dunkelheit hab' ich sie von meinem Mesner wegfahren lassen.«

»Das war sehr klug.«

»Aber nun geht meine Bitte dahin, daß auch Sie Ihre Buben warnen. Es darf nicht wieder vorkommen, daß die Ministranten mit Fahnenstangen, ja selbst mit dem Kruzifix aufeinander einschlagen, wie vor drei Jahren.«

»Meines Wissens haben damals die Egglheimer angefangen. Aber es ist gut, daß Sie angerufen haben, lieber Amtsbruder. Ich werde meine Buben nochmal ins Gebet nehmen, bevor wir hier weggehen.«

»Ja, das wäre gut. Deswegen hab' ich eigentlich angerufen. Vielen Dank!«

Pfarrer Kreindl legte den Hörer auf, machte ein paar

Kniebeugen vor dem offenen Fenster, dann ging er ins Bad. Beim Frühstück fragte ihn seine Schwester:

»Wer hat denn heut schon angerufen, Nepomuk?«

»Muß ich dir das erzählen, Sophie? Du hast doch sicher wieder an der Tür gehorcht.«

»Aber Nepomuk!«

»Ja, ja, ist schon gut. Gib mir bitte das Honigschüsserl rüber.«

Dann wurde es Zeit. Vor der Kirche sammelten sich die Gläubigen zum Bittgang, und auf den Staffeln zum Friedhof standen drei Ministranten in ihren roten Röckerln, das weiße Hemd darüber, das am Hals wiederum mit einem roten Krägelchen abgeschlossen war. Einer davon hielt mit beiden Händen die Kreuzstange umklammert, die dem Bittgang vorausgetragen wurde. Es war der Kellerer Fonsl, den der Pertl Hansi gerade fragte:

»Hast du was zum Zuschlagn?«

Schweigend griff der Fonsl unter das rote Röckl in die Hosentasche und zeigte verstohlen einen Schlagring. Der Hansi hatte sich einen Stein in das Taschentuch gebunden und der Hirschwirts Schorschl hatte den Ochsenfiesl von seinem Vater dabei. Es standen noch ein Dutzend Buben um die drei herum, denen auf geheimnisvolle Weise mitgeteilt worden war, daß es heute in Egglheim zu einer Schlägerei kommen werde und da sollten sie sich nur fest um die drei Ministranten scharen, die den Kriegsplan genau aufgestellt hatten.

Etwas abseits von den Buben stand die Resl, die Frau des Mesners, und wartete auf den Herrn Pfarrer, der gerade aus der Sakristei kam.

Von der Friedhofstreppe aus ließ der geistliche Herr

die Augen über die Bubenschar gleiten. Dann hob er die Hand und winkte den Fonsl herbei.

»Komm einmal her, Fonsl. Leer deine Hosensäck' aus. Und ihr andern auch alle. Ah, da schau her, was da alles zutag' kommt. Wir machen doch einen Bittgang und keinen Raufgang. Nur raus mit allem!« Die Alten schmunzelten, als die Buben ihre Taschen leeren mußten.

»Jetzt stehn wir da, mit leere Händ'«, jammerte der Fonsl.

»Da muß Verrat im Spiel g'wesn sein«, mutmaßte der Hansl, aber der Wirts Schorschl wußte sogleich einen Trost, indem er meinte:

»Stoßen wir halt mit de Haxn zua. Nur allweil fest auf d' Schienbeiner hinhalten, dann werden s' dasig.«

»Ruhe jetzt«, gellte die Stimme der Mesner Resl, die auch als Vorbeterin fungierte. »Stellt euch auf, daß wir weiterkommen.«

Ganz anders hätte man beten müssen, inniger, vertrauensvoller. Andachtsvoller hätte man durch die Fluren schreiten müssen und wirklich von Herzen bitten, daß kein Hagelschlag über die üppig dastehenden Ähren käme. Statt dessen nützte so mancher die Gelegenheit zum Ratschen.

»Hast es schon g'hört«, flüsterte die Darchingerin der Schollerin zu, »de Seehuber Kathl soll wos Kloans kriagn.«

»Wos du ned sagst. Von wem denn?«

»Vom Antberger Girgl.«

»Wos? Von dem Stier? Vor dem is do gor koane sicher.«

Die Mesner Resl kam herangeschlurft und fauchte:

»Beten tun wir und ned ratschen. – Der für uns gegeißelt worden ist«.

»Weiter vorne bei den Mannsbildern erzählte der Anzierl dem Hackl:

»Siebzehn Kaibln ham s' in Kiefersfelden aus an Güterwagn tot rausg'schleift. Nach Italien hättn s' geh' solln. Vierhundert im ganzen.«

»Wos d' ned sogst. Siebzehn Kaibl. Und früher ham s' Roßfleisch g'fressn. Wo is' denn do da Tierschutzverein? Wia i' kürzle amoi mein Ochsn mit an Prügl übern Schädl g'schlogn hob, do hans glei' do g'wen und wolltn mi ozoang. Aba i' woaß scho, wer mi' hing'hängt hod, und i' zahl's ihr scho' no' hoam, da Höglin. Des Mistviech hod ja den ganzn Tog nix z' toa, als wia beim Fensta rausgaffa.«

Die Mesner Resl kam wieder in Sicht, und die zwei Bauern schrien es recht laut hinaus:

»Der für uns mit Dornen gekrönt worden ist.«

Die Sonne verbreitete schon eine behagliche Wärme. Die Schwalben flogen hoch und wenn man den blankblauen Himmel betrachtete, so konnte man meinen, er möchte nichts als Seligkeit in die Herzen der Menschen verschenken.

Dann näherte man sich Egglheim. Die Glocken begannen zu läuten. Beim Kirchenwirt standen die Fenster der Gaststube weit offen, und im Garten waren eine Menge Tische gedeckt, denn es war ein alter Brauch, daß man nach dem Hochamt einkehrte.

Die Rampfinger Buben lugten scharf umher. Aber nichts zeigte sich, auch hinter den Grabsteinen brach kein Feind hervor. Wie eine dicke, schwarze Traube schoben sich die Rampfinger Bittgänger durch das weitgeöffnete Tor in die Kühle des Kirchenraumes hinein.

Als es Wandlung läutete, legte die Kirchenwirtin ein paar riesige Kränze Weißwürste hinein und in einem andern Hafen brachte sie Wiener Würstl unter. Die Kellnerinnen trugen gefüllte Brotkörbchen in den Garten hinaus, und der Wirt stach ein Faß Bier an. Dabei meinte er zu seiner Gattin:

»Ich versteh' unsern Pfarrer ned. Da hat er gestern g'meint, es wär' besser, wenn mir den Rampfingern koa Bier gebn tätn, weil doch seit der Maibaumg'schicht' wos in da Luft hängt.«

»Der ko leicht redn, weil er koa G'schäft hod. Bei dem Bittgang ham mir allweil unsern bestn Umsatz g'habt.«

Die Sorge des Egglheimer Pfarrers schien auch ganz unbegründet zu sein, denn nichts rührte sich. Nirgends war ein Egglheimer zu sehen. Friedsam lagen die Häuser und Höfe da. Auf der großen Gemeindewiese, gleich hinter dem Wirtsgarten, stand wie ein gelbes Meer der Löwenzahn und darüber jubilierten die Lerchen.

Die Rampfinger strömten jetzt aus der Kirche und fielen wie ein Bienenschwarm in den Wirtsgarten ein. Niemand dachte an etwas Böses. Nur der Pfarrer hielt mit der Mesner Resl ein wachsames Auge auf die Buben, damit keiner ausreißen und irgendwo hinter einer Tenne einen Privatkrieg anzetteln konnte.

Nein, es rührte sich nichts, und doch hätte man ahnen können, daß diesem Frieden nicht zu trauen war. Als sich dann die Rampfinger über die Würste hermachten, fuhr ein Bäuerlein mit einem Ochsen und einem Jauchefaß vorbei, bog beim Kirchenwirt ums Eck und ließ die braune Soße auf der Gemeindewiese auslaufen.

»So ein Depp«, schimpfte der Scholler. »Bei so einer Hitz' fahrt man doch ned Odl. Kruzitürkn, stinkt des.«

Noch war keine Absicht zu merken, aber kaum war das Ochsenfuhrwerk wieder in seinem Gehöft verschwunden, kam ein Traktor daher mit einem riesigen Odelfaß. Dann ein zweites, ein drittes. Es schien, als hätten alle Egglheimer beschlossen, gerade zu dieser Stunde ihre Jauchegruben zu leeren.

In der Hitze verbreitete sich im Wirtsgarten ein solch bestialischer Gestank, daß man es nicht mehr aushalten konnte. Die Rampfinger rannten mit ihren Würsten in die Gaststube. Aber die war viel zu klein, um alle zu fassen.

Und draußen fuhren unentwegt die Jauchefässer vorbei. Das also hatten sich die Egglheimer als ihre Rache ausgedacht.

»Gar nicht einmal so schlecht«, sagte der Rampfinger Pfarrer zu seinem Amtsbruder. »Diese lautlose Rache, mein' ich.«

»Mit dem hab' ich allerdings nicht rechnen können«, antwortete der Egglheimer Pfarrherr verdrossen. »Was werden sich jetzt bloß die Rampfinger wieder ausdenken, wenn wir nächste Woche mit dem Bittgang nach dort kommen.«

»Gar nichts«, wurde ihm geantwortet. »Ich habe meine Schäflein soweit fest in der Hand.«

Nein, es war kein Bleiben mehr. Es stank weitum so fürchterlich, daß es niemand mehr aushalten konnte. Der Wirt fluchte zwar, weil sein Bierbanzen erst halb leer sein mochte, und die Kellnerinnen hatten zu schreien und zu rennen, daß sie ihr Geld zusammenbrachten. Die Rampfinger rannten fluchtartig aus dem Dorf. Nicht einmal die Mesner Resl konnte die Masse noch zusammenhalten und in geordnetem Zug betend durch die blühenden Fluren heimwärts bringen.

Das Kettenkarussell

Er hieß Willibald Polack, war aber kein Pole, sondern Nachfahre einer schwäbischen Schaustellerfamilie. Ganz früher war Willibald mit zwei Tanzbären auf Jahrmärkten, Dulten und sonstigen Volksvergnügungen umhergereist. Dann hatte er von einem Onkel ein Kettenkarussell geerbt und hatte sich zu einem Herrn gemausert, der er aber nicht sein wollte und auch gar nicht konnte. Das ließ seine kleine, gedrungene Figur mit den krummen Beinen nicht zu. Er wollte einfach der Willibald bleiben, so wie ihn alle kannten, ein Original unter den Schaubudenleuten, ein kleiner, schwäbischer Schwejk voller Pfiffigkeit und sonnigem Humor.

Sein Kettenkarussell hatte die Form eines großen Steinpilzes, an dessen Ränder die Ketten mit den Plastikstühlchen herunterhingen. Im Stamm des Steinpilzes waren der Motor, der die Ketten in Schwung brachte, und auch der alte Musikapparat untergebracht. Wenn man einen Hebel herunterdrückte, begann sich die Scheibe oben zu drehen und brachte die Ketten in Schwung. Wenn man auf einen Knopf drückte, begann der Musikapparat zu spielen. Lauter alte Schlager wie: »Mariechen saß träumend im Garten, im Grase lag schlummernd ihr Kind.« Dann folgten in der Reihenfolge: »Püppchen, du bist mein Augenstern«, »Wer hat den Käse zum Bahnhof gerollt«, »Die weiße Taube« und zum Schluß die »Caprifischer.« Mehr Walzen hatte er nicht. Beim »Mariechen« wurde Willibald immer ganz schwermütig, denn er war weichen Gemütes und außerdem hatte er nie mit einem eigenen Kind im Gras liegen können, weil ihm in seiner kurzen Ehe keine Kinder beschieden waren. Ein Jahr war er bloß verheiratet gewesen mit einer Schießbudenmadam, dann war sie ihm mit der Kasse und einem Schaukelburschen durchgebrannt.

Eines Tages kam nun der Willi mit seinem Wohnwagen und dem Kettenkarussell in einen kleinen Marktflecken, irgendwo zwischen Salzach und Inn gelegen, wo seit zehn Jahren schon über Pfingsten ein Volksfest abgehalten wurde. Als er in die Gemeindekanzlei kam, um sein Standgeld gleich im voraus zu entrichten, begrüßte ihn der Oberinspektor Arnold wie einen guten alten Freund.

»Ja, unser Willibald ist halt wieder da. Der laßt halt nicht aus. Grüß Gott, Willibald.«

»Grüß Gottle, der Herr Oberinschpekta. Wie gaht's denn dem verehrten Fraule?«

»Dank der Nachfrage. Recht gut.«

»Na, desch hört ma' gern. Noch nix Büable oder Mädele?«

»Leider nein, Willibald.«

»Hanno, wasch nit isch, ka noch werda. Nur ned auslassa, Herr Oberinschpekta. Ich tät' halt emol nach Altötting fahre', um än Kindersäge. Wär' ja schad, wenn so a schöns Fraule ohne Kinderle bleibe' tät'.«

Ganz so intim wollte es der Herr Oberinspektor auch wieder nicht haben, zumal gerade eine Sekretärin hereinkam und in einem Leitzordner was suchte. So fertigte er den Willibald ziemlich kurz und dienstlich ab und wünschte ihm ein gutes Geschäft.

Ein gutes Geschäft hing nur vom Wetter ab. Das wußte niemand besser als der Willibald. Und der Petrus meinte es diesmal gut mit ihm. Die Menschen strömten von weit her zum Volksfest, und Willibald hatte nach zwei Abenden schon das Standgeld hereingespielt. Was jetzt noch einging, war Geschäft.

Jede Stunde einmal, wenn die Musik im Bierzelt gerade aussetzte, hörte man das »Mariechen« laut über die Dächer des Marktplatzes klagen. Das Echo schall durch die engen Gassen, daß man meinte, das Kindchen schlummere nicht im weichen Gras, sondern auf dem harten Kopfsteinpflaster.

So ging es acht Tage lang. Die Menschen, junge und alte, schwebten im Kettenkarussell weit hinauf und kreisherum, schrien und jauchzten vor Lust und glitten nach zwei Minuten wieder zur Erde herab, denn für fünfzig Pfennig konnte man nicht länger in der Luft bleiben.

Dann kam der letzte Tag heran. Es war der Sonntag nach Pfingsten. Noch einmal eine halbe Nacht voller Seligkeit, voller Bierdunst und dem Geruch von Stekkerlfischen und Brathendln. Um elf Uhr packten die Musikanten ihre Instrumente ein. Das Volksfest war zu Ende. Schade, denn es war so eine wunderschöne Nacht. Der Mond stand hoch am Himmel, umgeben von der Pilgerschar seiner Sterne. Das Bierzelt wurde langsam leer, die Menschen verloren sich, es wurde stiller und stiller. Nur da und dort klang ein Mädchenlachen auf, und aus dem Seilergäßlein hörte man einen Burschen ganz laut sagen:

»Geh, stell di' do' ned so deppert o, du Gschmacherl, du herzigs.«

Beim Baldusbrunnen, inmitten des Marktplatzes, stand noch ein Schüpperl Männer beisammen. Lauter honorige Mannsbilder, wie der Bäckermeister Heigl, der Oberinspektor Arnold, der Apotheker Werndl, der Heimatdichter Adlbert Schott, der Redakteur Herber von der Kirchenzeitung St. Georg, der Pfarrmesner Luidinger, der Tierarzt Melchert, der Spenglermeister Adamer, der Steuerbeamte Weddinger, der ganz jung verheiratete Gewürzvertreter Liefert und noch ein paar andere. Zwölf waren es insgesamt, und sie nannten sich die Zwölf Apostel. Sie waren nicht besoffen, aber ganz schön angeheitert und schienen zu beratschlagen, was man in dieser schönen Nacht noch anfangen könnte.

»Mir könna doch jetzt ned scho' hoamgeh'«, meinte der Spenglermeister. »Bei so an Durscht, wia i' no' hob'.«

Im Gasthof »Zum goldenen Spielhahn« brannte noch Licht. Dorthin pilgerten sie nun, obwohl die Bäckermeisterin Heigl vom Fenster herunterschrie:

»Wastl, geh do' hoam. Um drei muaßt wieda aufsteh'. Wos solln si denn de Lehrbuam denka, wenn du wieder b'suffa am Backofn stehst.«

»Bloß no a Tass' Kaffee«, schrie der Heigl zurück. Dann verschwanden sie nacheinander hinter der Tür des Gasthofes.

Natürlich dachte niemand an Kaffee. Wein mußte her.

»Wein auf Bier, das rat ich dir«, schrie der Apotheker, und der mußte es ja wissen.

Grad lustig wurde es jetzt, und der Tierarzt Melchert stimmte das »Polenmädchen« an. Schön sangen sie nicht, aber laut, und die Kellnerin Klara, ein gutgewachsenes Ding, sang mit heller Sopranstimme, als es hieß: »Aber nein, aber nein, sprach sie, ich küsse nie.«

»So schaust du grad aus«, lachte der Steuerbeamte Weddinger, nahm sie um den Hals und küßte sie ohne Widerspruch.

In diesem Augenblick betrat der Willibald das Lokal. Er wurde von den Anwesenden mit lautem Hallo empfangen. Sie zerrten ihn an ihren Tisch, und die Klara mußte auch für ihn ein Glas bringen. Der Willibald aber hatte nur noch etwas essen wollen und bestellte sich sauere Leber. Aber um diese Zeit gab es nichts Warmes mehr, die Klara brachte ihm einen Wurstsalat mit viel Zwiebeln. Dazu aß er fünf Roggenweckerl, und der Spenglermeister Adamer erklärte, daß er alles bezahlen werde, was der Willibald essen und trinken wolle.

Willibalds weiche Gauklerseele floß über vor Glückseligkeit. Alle sozialen Unterschiede waren wie weggeblasen. Sie nannten ihn Bruderherz, und der Pfarrmesner legte vertraulich seinen Arm um Willibalds schmächtige Schultern.

Und die Zeit floß dahin. Die Uhr zeigte schon eine Stunde nach Mitternacht an, und bis man sich umschaute, war es zwei Uhr. Wer um diese Zeit auf den glorreichen Gedanken kam, daß man jetzt nochmal auf die Volksfestwiese ziehen und mit dem Kettenkarussell fahren wolle, das wußte hernach niemand mehr. Der Willibald war auch schon so besoffen, daß er sich nicht mehr dagegen wehren konnte. Er meinte nur mit schwachem Einwand:

»Aber meine Herrn, ich kaa do' nit so schpät no des »Mariechen« spiele' lasse'.«

Nein, keine Musik. Ganz lautlos wolle man durch die Luft schweben, und der Willibald müsse unbedingt auch mitschweben.

So zogen sie hinaus auf die Wiese. So leise es ging, setzten sie sich in die Plastiksessel und legten das dünne Kettchen vor den Bauch. Der Tierarzt nahm auch noch die Klara auf seinen Schoß, und nun konnte es losgehen.

Aber nun begann erst das Problem. Man hatte den Willibald auch in eines der Sesselchen gepreßt. Wie sollte er nun den Motor anlassen beziehungsweise den Hebel herunterdrücken können. Es war eine schwierige Prozedur, bis er sich durch Schaukelbewegungen an das Gehäuse heranhangeln konnte. Schließlich gelang es ihm, mit der Fußspitze den Hebel herunterzudrücken, und das Schicksal nahm seinen Lauf, denn wie sollte das Karussell jetzt wieder zum Stillstand kommen, nachdem sie nun schon durch die Luft schwebten, einschließlich des Willibalds. Nur der Mond schaute ihnen zu, sonst niemand.

Und es war so lustig, es war so richtig eine Ausnüchterungskur, weil es doch ziemlich frisch war. Sie begannen ihre Joppen einzuknöpfen. Nur der Gewürzvertreter hatte noch einige Hitze. Sein Selbstbinder flatterte lustig durch die Luft. Am besten war der Tierarzt dran, denn er hatte die Klara auf dem Schoß. Der Apotheker verlangte als erster, der Willibald möge das Ding jetzt wieder abstellen.

»I kaa do nidaa«, schrie der ganz unglücklich zurück und begriff jetzt erst, was er da angerichtet hatte.

Vom Kirchturm schlug es drei Uhr, und sie segelten immer noch durch die Luft. Der Pfarrmesner begann zu weinen, der Bäckermeister fluchte. Und sie froren alle ganz gottserbärmlich.

Um halb vier Uhr kam der Eisenbahner Florian Schurer, der mit seinem Radl zum Frühdienst fuhr.

Zuerst erschrak er und glaubte an Gespenster, bis er die wimmernde Stimme des Willibald vernahm.

»Druck des Hebele runter.«

Schweigend trotteten sie davon. Der Heimatschriftsteller, der Steuerinspektor und der Gewürzvertreter mußten wegen Unterkühlung sofort ins Krankenhaus geschafft werden. Die andern verkrochen sich ins Bett. Auch der Oberinspektor Arnold. Seine Frau lief in die Apotheke und verlangte Tabletten für ihren Mann, der sich stark erkältet hätte.

»Es wär' ja auch kein Wunder«, sagte sie, »wo es im Rathaus immer so zieht.«

Aber die Frau Apotheker wußte schon Bescheid und sagte:

»Der meine liegt auch im Bett.«

Nur die Klara überstand das nächtliche Abenteuer ohne größeren Schaden und lächelte verständnisinnig, als der Tierarzt um zehn Uhr vormittags erschien und drei Gläser Glühwein hintereinander trank.

Zum nächsten Volksfest erschien der Willibald nicht mehr. Er war an Herzschlag gestorben, gerade als er die Walze reinigte, die vielhundertmal sein Lieblingslied gespielt hatte:

»Mariechen saß träumend im Garten.«

Unterm Lindenbaum

Es ist müßig, sich die Frage zu stellen, warum der liebe Gott eigentlich die Welt erschaffen hat. In seinem Garten Eden hätte er genug zu tun gehabt und hätte sich dabei nicht ärgern müssen; denn was die Menschen aus seiner schönen Welt gemacht haben, wenn man das alles aufschreiben würde, es ginge auf keine Kuhhaut. Soviel Schande haben sie schon über die Erde gebracht, soviel Böses haben sie gesät! Kein Wunder, daß das bis zum Himmel hinaufschreit. Und der liebe Gott, so könnte ich mir vorstellen, wird manchmal, die Hände hinter dem Rücken verschränkt, die Himmelsstraße auf und abgehen, mit gesenktem Kopf. Hinter ihm wandeln die Engelscharen her, die ebenso traurig sind wie der Herr, weil ihm die Menschen soviel Verdruß machen. Hat er denn nicht alles für sie geschaffen? Die Wälder und die Berge, die Wiesen und Felder, alle Blumen und die Bäume; die Fichten zum Beispiel, Buchen, Eichen, Ahorn, Kastanien und wie sie alle heißen. Nicht zu vergessen die Linden, deren Blüten obendrein auch noch heilsam sind für die Leiden der Menschheit. Du träufelst deinem Kind Lindenblütentee, mit Honig vermischt, ein, damit es nicht so husten muß, oder du kochst Lindenblüten, gibst sie in ein Leinensäckchen und legst es dem Großvater auf die keuchende Brust.

Und das Schönste ist, der Herr hat den Menschen die Erde nicht einmal zur Pacht gegeben. Nein, er hat sie ihnen geschenkt. Und darum ist er auch oft so traurig, weil sie mit ihrem Eigentum so sündhaft umgehen. Früher, ja, da haben sie sich seiner noch mehr erinnert, als sie ihre Kästen, Truhen und Bettstätten zimmerten. Da haben sie ihn noch selber auf die Kastentüren gemalt oder das Herz Jesu, von einem Pfeil durchbohrt, oder die Muttergottes, von zarten Rosenblüten umrahmt. Aber das haben sie vergessen. Jetzt müssen es glatte Möbel sein, eichenfurnierte oder weißlackierte.

Um aber auf die Linde zurückzukommen, so meine ich da eine ganz bestimmte Linde, den Lindenbaum nämlich in der Mitte des Marienhofes zu Kulm. Einmal ist es ein kleines Pflänzlein gewesen, und der Bauer hat ein Drahtgeflecht darum gebaut, damit ihm kein Leid geschehe. Dann ist es ein Stamm geworden, so dick, daß ihn ein Arm umfassen hat können. Der jüngste Sohn des Hofes hat künstlerische Neigungen gehabt und gemeint:

»Nun hätte der Stamm gerade die richtige Stärke. Linde ist das beste Holz zum Schnitzen. Ich werde sie fällen und eine Muttergottes daraus schnitzen, wie es keine schönere im ganzen Oberland gibt.«

»Bist du verrückt«, schreit der Alte. »Die Linde bleibt stehen. Sie hat Schatten gespendet über deiner Wiege, und sie wird auch deinen Kindern einmal Schatten schenken, wenn du die Wiege unter ihre Zweige stellst.«

Und die Linde durfte weiterwachsen, in die nächste Generation hinein. Sie ist jetzt schon so stark, daß zwei Männer sie mit ihren Armen kaum mehr umfassen können. Um diese Zeit zimmerte man eine Bank rund um den Stamm, der dann als Lehne diente. Hier sitzt der Großvater nun manchmal in der Stunde der Dämmerung, raucht seine Pfeife und sinnt den Jahren nach, den wilden Jahren seiner Jugend und den hohen Mannesjahren, als er noch mit raschen Schritten über den Hof gegangen ist und seine Sense an den Ast der Linde gehängt hat. Es hat sich viel begeben in all den Jahren, seit er seine Barbara auf den Hof geholt hat. Nun ist auch Barbara alt geworden. Kürzlich haben sie goldene Hochzeit gefeiert. Bei der Hochzeit, da hat er seine Barbara noch auf starken Armen über die Schwelle getragen, in die Kammer hinauf, voll drängender Erwartung. Bei der »Goldenen« sind sie ganz still unter der Linde gesessen, haben sich an den Händen gehalten und alte Erinnerungen ausgegraben.

»Weißt es noch, Barbara, wie ich dich vor fünfzig Jahren über die Stiegen hinaufgetragen hab'. Herrgott, hab' ich da noch Kraft gehabt.«

Die alte Barbara nickt nur, weil sie nicht sagen will, daß er damals auch sonst noch ein wilder Kerl gewesen ist. Schnee liegt jetzt in ihren Haaren, aber keinerlei Not mehr in ihrem Blut. Es ist still geworden wie die Linde, wenn kein Wind geht. Sie sind alt geworden wie der Baum, unter dem sie sitzen und der es ihnen nicht gleichgetan hat, denn jedes Jahr fängt diese Linde neu an, zu blühen und zu grünen. Ihre Blätter werden nicht weiß wie die Haare der Menschen, sie beugt sich auch nicht in den Schultern, im Gegenteil, es ist gerade, als würde sie sich nach jedem Winter wieder neu aufrecken. Der Saft steigt in ihr hoch und läßt sie wieder grünen, bis sie wieder dasteht in ihrem vollen Laub und Schatten spendet, bis sie im Herbst dann ihr leuchtendes Farbenkleid anzieht, als wollte sie die Menschen damit mahnen: Zieht wärmere Sachen an, denn es will jetzt Winter werden.

Ach ja, so vieles könnte die alte Linde den Menschen sagen, was sie in ihrem langen Leben schon gehört und gesehen hat, denn es ist viel geredet worden auf der Bank. Geredet, gestritten und geliebt.

Großmutter Barbara erzählt es den Enkeln, die um sie herumsitzen. Das Jüngste liegt in der Rockmulde zwischen ihren Knien und schaut mit gläubigen Augen zu ihr hinauf, wenn sie erzählt, was vor ihrer Zeit gewesen ist. Zum Beispiel die Geschichte von dem Scherenschleifer, der seine junge Frau mit der Schere erstochen hat, weil sie sich mit dem Roßknecht des Hofes im Stroh verkrochen hat.

»Habn s' Versteckerl g'spielt?« will Konrad, der Zehnjährige, wissen. Marille aber, die Dreizehnjährige, denkt tiefer nach und fragt die Großmutter:

»Hat das vielleicht mit der Lieb' was zu tun?«

Die Großmutter nickt, weil die Eifersucht mit der Liebe eng zusammenhängt.

Alles hat die Großmutter freilich nicht selber am Hof erlebt. Es ist ihr überliefert worden von ihrer Vorgängerin. Vielleicht sind es überhaupt nur Legenden oder Märchen, wie das von der Sennerin Veronika, die einem Hungernden ein Stückl Käs' verweigert hat und deshalb versteinert worden ist.

Das alles hört die alte Linde mit an und wundert sich vielleicht ein bißchen, daß es jedesmal anders erzählt wird. Immer ein bißchen mehr dazu. Dann schüttelt die alte Linde den Kopf, und es rauscht in ihren Blättern. Widersprechen kann sie ja nicht.

Einmal, erzählt die Großmutter auch, aber das sei schon lange vor ihrer Zeit gewesen, da habe es auf dem Hof eine Tochter namens Adelheid gegeben, die habe da so eine Art Adam-und-Eva-Spiel inszenieren wollen, bloß daß der junge Knecht nicht Adam hieß, sondern

Leonhard. Adelheid habe auch keinen Apfel gehabt zum Verlocken, sondern nur ein Lindenzweiglein mit einer Blüte daran. Der junge Leonhard habe das Zweiglein natürlich nicht essen können, sondern habe es an seinen Hut gesteckt, bis der Bauer hinter die Sache gekommen sei. Da habe der junge Knecht den Hof sofort verlassen müssen. Am Hoftor habe aber nicht der Engel mit dem Flammenschwert gestanden, sondern der Bauer mit einer Peitsche. Drei Tage später brannte der Hof bis auf die Grundmauern nieder. Leonhard sei der Brandstifter gewesen und habe dann viele Jahre im Gefängnis gesessen.

Bei dem Brand habe auch die Linde einiges abgekriegt. Auf der einen Seite seien die Blätter ganz schwarz gewesen. Aber sie habe sich mit der Zeit wieder erholt. Neue Triebe hätten sich angesetzt, haben sich in die Höhe gestreckt, und die Linde sei schöner geworden, als sie vorher war.

Adelheid aber sei ins Kloster gegangen und nach einigen Jahren bereits gestorben.

»Der Herr gib ihr die ewige Ruh'«, sagte Konrad und die Marille fügte hinzu: »Wahrscheinlich ist sie am gebrochenen Herzen gestorben.«

Das Jüngste, das zwischen den Knien der Großmutter liegt, versteht noch nichts von den alten Sagen. Es hat den Daumen im Mund und schaut ins Gezweig hinauf. Der ganze Baum ist erfüllt von der Wärme der Sonne. Wenn sie untergeht und die Gemäuer des Hofes schon im Schatten liegen, verschenkt sie noch eine Weile einen rötlichen Glanz an die Krone der alten Linde.

Aber sie ist nicht immer so still und geruhsam. Wenn ein Sturm von den Bergen herunterkommt, dann ist es, als beginne die Linde ein zorniges Lied zu singen, so rauscht und braust es um ihre Krone. Regen prasselt in das Blattgewirr und zusammen mit dem Wind ergibt das eine gewaltige Melodie, die oft bis in die Nacht hinein dauert.

In letzter Zeit hätte die Linde auch genug Grund zum Ärgern gehabt. Die Jungen haben keinen Respekt mehr vor dem ehrwürdigen Alter. Hat sich da der Jungbauer, der demnächst heiraten wird, eingebildet, die Linde könnte auch als Garage dienen und hat seinen Wagen immer unter ihrem Blätterdach abgestellt. Die alte Linde kann sich dagegen nicht wehren. Aber da kommen ihr die gefiederten Freunde zu Hilfe, die Stare und Amseln und was sich sonst noch zwischen dem Blattgewirr herumtreibt. Am ärgsten treiben es die Spatzen. Sie lassen einfach alles herunterfallen, wenn sie in die dürftige Not kommen, so daß das Dach des Mercedes am Morgen oft ganz weiß ist, als habe es geschneit.

Ja, so gehts doch auch nicht, denkt der Jungbauer und baut sich eine richtige Garage.

Die alte Linde hat wieder ihren Frieden. Nur die Bank müßte einmal erneuert werden, denn aller Voraussicht nach wird in fünfzig Jahren wieder eine Großmutter unter dem Lindenbaum sitzen wollen und den Enkeln wieder die alten Sagen erzählen, die vom Scherenschleifer, von der versteinerten Sennerin oder das Märchen von der jungen Adelheid, die gemeint hat, ein Lindenzweiglein sei gleichbedeutend mit jenem Apfel aus dem Paradiesgarten.

Die Luiserbäuerin

Als die Bergbäuerin Magdalena Luiser aus dem nahen Wald mit einem Korb voller Schwammerl, Steinpilz, Rotkappen und Pfifferlingen heimkam, saß ein Fremder auf der Hausbank, der eine dicke Aktentasche neben sich liegen hatte. Es war der Versicherungsagent Xaver Hasslinger, der sich großartig als Inspektor vorstellte, weil er wußte, daß dies bei einfachen Menschen mehr Eindruck erweckte.

»Wir haben aber nichts zu versichern«, wehrte sich die Luiserin sofort.

»Oh, sag bloß das nicht. Hast du eine Ahnung, was man alles versichern kann.«

Er redete wie mit Engelszungen, fachkundig und geschliffen wie ein Rasiermesser, ohne die Bäuerin zunächst erweichen zu können. Sie hatte Sorgen genug, und das Geld war knapp. Sie hatten erst im Vorjahr Stall und Stadel neu gebaut und Schulden bei der Raiffeisenkasse.

Der Hasslinger lächelte geduldig. Nicht umsonst werden solche Agenten von ihren Versicherungen in allen Künsten der Überredung geschult. Sie können einem die Vorteile so schön um den Mund streichen, als wäre es der beste Honig der Welt. Und der Hasslinger hatte eine Geduld wie ein Maulesel, war zäh wie Rindleder und hatte Zeit, viel Zeit sogar. Er konnte mit Beispielen aufwarten, die nicht von der Hand zu weisen waren. Dann kam ihm auch noch ein schöner Zufall zu Hilfe, denn im Dorf drunten begannen die Kirchenglocken zu läuten, und der Wind trug die getragenen

Weisen einer Musikkapelle herauf, die einen Trauermarsch spielte.

»Eine Beerdigung?« fragte er.

Die Luiserin hatte begonnen, die Schwammerl zu putzen.

»Ja, der Moar Wastl wird beerdigt«, gab sie Auskunft. »Ganz plötzlich und bloß fünfundvierzig Jahr' ist er geworden. An der Leber hat er's gehabt.«

»Zuviel gesoffen, wahrscheinlich?«

»Ja, er hat gern ein bissl naß g'futtert, der Wastl. Aber ich bitt' recht schön, fünfundvierzig ist doch noch kein Alter zum Sterbn.«

»Da haben wir schon wieder ein Beispiel«, triumphierte der Hasslinger beinahe. Wenn er versichert auf sein Sterben wär', kassieret jetzt die Witwe einen schönen Batzen Geld. Dabei hätt' er noch gar nicht soviel ein'zahlt, weil er noch nicht so alt is'. Aber selbst wenn er bloß ein Jahr bei uns versichert g'wesen wär', wir zahln den ganzen Betrag sofort aus. Da kennen wir nichts. Vierzigtausend oder fünfzigtausend, je nachdem. Also, überleg dir das einmal, Luiserin.«

Die Luiserin überlegte wohl, schüttelte aber wieder den Kopf.

»Es geht ned.«

»Alles geht, wenn man will.«

»Ich will aber ned, und außerdem, mein Mann ist gegen jede Versicherung, außer der Hagelversicherung und der Feuerversicherung halt.«

»Ja, so engstirnig denkt der Mensch oft«, sagte der Hasslinger.

Die Luiserin schaute kaum auf, hatte die Stirn in Falten gelegt und dachte nach.

Der Hasslinger erkannte das sofort und öffnete seine Aktentasche.

»Hast du was g'sagt, Luiserin?«

»Nein, ich hab' nichts g'sagt. Aber bloß einmal, ganz unverbindlich – was müßt' ich denn da zahln, wenn ich mich versichern lassen tät'?«

»Das kommt auf das Alter an. Wie alt bist denn?«

»Dreiundvierzig.«

»Das darf doch nicht wahr sein«, tat der Hasslinger erstaunt. »Dich schätzt man höchstens auf fünfunddreißig.« Er zog eine Kladde aus seiner Aktentasche und begann zu suchen. »Das werden wir gleich haben. Dreiundvierzig, hast g'sagt. Das wären dann bei einer Versicherungssumme von fünfzigtausend im Monat zweiunddreißig Mark sechzig Beitrag.«

»Was, so viel? Das bring' ich unmöglich weg. Und was glaubst denn, was mein Mann dazu sagen tät'.«

»Gleich brauchst es ihm ja nicht sagen. Wartest halt eine gute Stund' ab.«

»Der hat nicht viel gute Stunden«, seufzte die Luiserin.

»Aber du hättest dann ein Geheimnis, weißt. Und sollte dir, was der liebe Gott verhüten möge, im nächsten Jahr schon was zustoßen, kriegt dein Mann sofort die fünfzigtausend Mark ausbezahlt. Dann kann er seine Schulden wegzahln und ist ein g'machter Mann.«

»Ah, so ist des?« Die Luiserin wurde immer nachdenklicher und meinte schließlich, daß dieses Einzahlen wahrscheinlich doch recht umständlich sei und sie kenne sich halt in den Sachen gar nicht aus.

»Ah geh«, lachte der Hasslinger, »nichts einfacher wie

das. Zuerst muß ich dir aber noch sagen, Selbstmord scheidet aus. Aber das kommt bei dir sowieso nicht in Frage. Also paß auf, Luiserin – nein, ich kann's immer noch nicht glauben, daß du schon dreiundvierzig bist –, wenn ich dabei an die meinige denk'. Also, ich laß' dir gleich ein paar Dutzend vorgedruckte Zahlkarten da. Damit gehst dann jeden ersten auf die Post damit. Oder du kannst s' auch dem Postboten mitgeben. Noch einfacher geht's überhaupt nicht.«

Nun war die Luiserin besiegt. Als der Agent den Hof verläßt, hatte er seine Prämie, die Luiserin war auf ihr Leben versichert, trug ein Geheimnis in ihrem Herzen und wartete auf die gute Stunde ihres Mannes, in der sie ihm ihr Geheimnis anvertrauen könnte.

Aber diese gute Stunde kam nicht, denn im darauffolgenden Winter wurde der Luiser bei der Holzarbeit von einem stürzenden Baum erschlagen, und für die Luiserin hub eine recht schwere Zeit an.

Heiraten wollte sie nicht mehr, um das Erbe des einzigen Buben nicht zu schmälern. Mit dem Buben, Peter hieß er, werkelte und schuftete sie weiter, bis er erwachsen war und eine junge Bäuerin auf den Hof holte. Eine, die nicht ganz nach dem Sinn der Luiserin war, weil sie schon dem neumodischen Zeitgeist anhaftete. Bei ihr mußte gleich eine Melkmaschine her, Peter drängte sie, daß er sich die modernsten Maschinen anschaffte. Das alles aber kostete Geld und wieder Geld. Die Schulden – statt daß sie weniger geworden wären, wuchsen und wuchsen sie, und die junge Frau beneidete die alternde Schwiegermutter um das Eiergeld, das sie sich neben Kost und Wohnung nach der Übergabe des Hofes ausbedungen hatte.

»Was braucht die Alte noch soviel Geld, wenn sie sowieso alles hat«, hetzte die Junge bei ihrem Mann. Der gab ihr sogar recht, er war ihrer Schönheit hörig, und nur um der Enkel willen schwieg die alte Luiserin zu manchem. Sie brauchte doch das Eiergeld, um ihre Versicherungsbeiträge zu bezahlen. Aber ihr Geheimnis behielt sie nun erst recht für sich, damit die Jungen nicht auf ihr Ableben warteten.

Sie liebte ihre Enkel abgöttisch und betreute sie, half im Haushalt mit, soweit ihre Kräfte reichten. Und doch konnte sie nicht aufhalten, was wie eine Woge heranrollte. Ein paar Mißernten, Unglück im Stall ließen den Hof immer mehr in Schulden geraten, bis sein Dach die Last der Hypotheken nicht mehr ertragen konnte.

Der junge Bauer schritt mit gefurchter Stirne umher, und eines Tages sagte er:

»Es geht nicht mehr weiter, ich muß den Wald verkaufen.«

Die Mutter erschrak bis ins Herz hinein.

»Nein, Peter, das darfst du nicht. Ein Hof ohne Wald ist wie eine Suppe ohne Salz. Man kann keinen Tag wissen, was der nächste bringt. Meine Zeit ist ja wohl bald um, und dann ist ein Kostgänger weniger am Hof.

»Als ob es auf dein bissl Essen ankäm'«, wehrte der Sohn ab. Er dachte auch, daß die Mutter schon ein bißchen kindisch werde mit zunehmendem Alter. Aber er brachte es doch nicht übers Herz, gegen ihren Willen zu handeln. So spitzte sich die Lage immer mehr zu, die Gläubiger drängten, und eines Tages fiel das harte Wort: Versteigerung.

Eines Abends im Frühling, auf den Wiesen blühte schon der Krokus, die Fliederbüsche prangten bereits, saß die Familie ganz verzweifelt in der Stube beisammen. Der Peter stierte in den Boden hinein, die Bäuerin hatte verweinte Augen, die Kinder hockten scheu in der Ecke.

Nur die Mutter saß aufrecht auf der Ofenbank, hatte das jüngste Enkelkind auf dem Schoß und hatte einen stillen Glanz in den Augen, den niemand zu deuten wußte.

»Morgen geh' ich zu meiner jüngsten Schwester«, sagte sie plötzlich. »Vielleicht weiß die einen Rat.«

Und kaum daß es Tag wurde, machte sich die Luisenmutter auf den weiten Weg über das Gebirge. Dem schwerbedrückten Sohn sprach sie nochmal Trost zu, der Schwiegertochter gab sie die Hand und den Enkelkindern strich sie übers Haar und drückte sie an ihr Herz. Dann ging sie aus dem Hof, ohne sich umzusehn. Ganz aufrecht ging sie und beschwingt, als sei sie sich einer Sendung bewußt und als wandere sie einer großen Freude entgegen.

Sie kam niemals bei ihrer Schwester an. Zwei Tage später fand sie der Jäger Hiermaisl im Latschengebüsch, tief unter einer senkrechten Wand.

Niemand konnte sich's erklären, denn der Steig da oben war sicher ausgebaut und die Luiserin war ihn oft genug schon gegangen. Vielleicht war ihr übel geworden, ein Schwächeanfall vielleicht, ein unglückliches Stolpern. Alles Mögliche wurde in Erwägung gezogen. Niemand aber wußte, daß die Luisermutter lange vor dem Abgrund gestanden hatte. Der Bergwind hatte mit ihrem Haar gespielt und die Tränen tropften auf ihre gefalteten Hände, die sie unters Kinn wie zum Gebet erhoben hatte.

Sie wurde drunten am Hof in der Stube aufgebahrt. Erst am zweiten Tag fand Peter unter der Mutter Hinterlassenschaften die Police der Lebensversicherung auf fünfzigtausend Mark. Ein furchtbarer Gedanke durchzuckte ihn und trieb ihm das Wasser in die Augen.

Von innerster Qual zerrissen kniete er vor dem Sarg nieder und hob die schwieligen Hände zur toten Mutter empor:

»Mutter, ich bitt' dich, sag – daß du nicht deswegen – von uns 'gangen bist . . .«

Die Mutter schwieg, wie sie im Leben geschwiegen hatte und nahm ihr Geheimnis mit ins Grab. Und soviel auch im Dorf über das Zusammentreffen vom Unglück der Toten und vom Glück der Hinterbliebenen geredet wurde, es war niemand da, der die richtige Deutung gefunden hätte.

Bahnwärters Else

Else ist das einzige Kind der Bahnwärtersleute Thomas und Elisabeth Baumbacher. Ein recht eigenartiges Kind, das mit den Rosen im Garten spricht wie mit Menschen. Der Vater beobachtet sie manchmal und mag denken: »Was wird aus dir wohl einmal werden?« Sie träumt ihm zuviel. Die Mutter liebt dieses Kind mit heimlicher Angst, denn sie spürt etwas in ihm, worüber sie keine Gewalt hat. Else kann einer Holzlatte einen Schleier umhängen und ihn als ihren Bräutigam betrachten, mit dem sie zum Altar schreitet. Und manchmal lehnt sie an der Bahnschranke und schaut wie verloren den Zügen nach.

Mit dem Älterwerden ändert sich dann ihr Wesen, sie steigt aus ihrer Traumwelt heraus und wird wißbegierig. Oft steht sie neben dem Vater an der Schranke, wenn der Schnellzug vorüberdonnert. Sie will wissen, wohin die vielen Menschen fahren. Und als er ihr seine Vermutung einmal mitteilt, hat sie lange darüber nachzudenken, bis sie ihn fragt:

»Und was tun die Leute an der Riviera?«

»Faulenzen«, sagt der Vater. Er hätte aber auch sagen können, daß sie sich dort erholen, aber dann hätte Else wieder gefragt, wovon sie sich erholen. Sie aber sagt:

»Wenn ich einmal groß bin, will ich auch an die Riviera fahren.« Wenn ich groß bin, Mutter, dann brauchst du nicht mehr für fremde Leute waschen und bügeln. Und du, Vater, sollst nicht mehr draußen stehen müssen bei Regen und Wind, wenn der Expreß mit den reichen Leuten vorüberbraust.«

Der Vater lächelt nur dazu. Die Mutter aber wiegt sich in diesen Träumen. Warum auch nicht? Else ist schön. Und wenn sie jetzt in ihrer erblühenden Jugendschönheit manchmal neben dem Vater an der Bahnschranke steht, dann kommt es schon vor, daß einer von den feinen Herren am herabgelassenen Abteilfenster steht und grüßend die Hand hebt und auf eine bestimmte Art lächelt. Der Vater kennt dieses Lächeln, und es gräbt sich dann jedesmal eine steile Falte zwischen seine Brauen.

Eines Tages kommt Else in die Hauptstadt des Landes zu einer Modistin in die Lehre. Anfangs hat sie Heimweh nach dem kleinen Streckenhaus, nach dem Wald, dem Pflanzgarten und der Wiese hinterm Häusl, nach den zwei Ziegen und den Rosen im Pflanzgarten, die sich neben dem Wirsing und den Blaukrautköpfen so hoheitsvoll ausnehmen. Sie schreibt lange Briefe nach Hause. Im zweiten Jahr aber scheint ihr Heimweh nachzulassen, sie schreibt weniger, und im dritten Jahr bleiben die Briefe ganz aus.

In ihrer Not fährt die Bahnwärtersfrau in die große Stadt, in der sie sich mühsam genug nach der Straße und dem Geschäft durchfragt, in dem Else lernen soll. Es ist ein sehr vornehmes Geschäft, und die Mutter sieht fünf Mädchen darin arbeiten. Nur ihre Else ist nicht darunter. Die Prinzipalin erscheint und mustert die bäuerlich gekleidete Frau ziemlich von oben herab. Erst als Maria Baumbacher sagt, wer sie ist, wird die Frau etwas freundlicher und legt mitfühlend die Hand auf ihre Schulter.

»Sie sind leider zu spät gekommen, liebe Frau. Else ist schon seit einem halben Jahr nicht mehr bei uns.«

»Ja, das versteh' ich aber nicht. Wo ist sie denn jetzt?«

Die Frau hebt die Schultern. Sie ist zu vornehm, als daß sie der alten Frau sagen könnte, was sie ahnt. Immerhin kann sie dieser erschrockenen Mutter eine Straße nennen, eine Hausnummer sogar, in der Else wohnt. Jedenfalls habe sie vor kurzem noch dort gewohnt.

Wieder ein langes Fragen und Umherirren, dann drückt Mutter Baumbacher auf einen Klingelknopf, über dem der Name ihrer Tochter steht.

Eine Dame öffnet, die sie nicht gleich erkennt. Erst als sich das blasse Gesicht vom ersten Schrecken erholt hat und der rotgeschminkte Mund ein Lächeln zeigt, erkennt die Mutter, daß es ihre Else ist.

»Nein, daß du es bist«, sagt Else. »Mit dir hab' ich nicht gerechnet. Aber wenn du schon einmal da bist, komm rein, Mutter.«

Sie wird in einen mit kostbaren Möbeln ausgestatteten Raum geführt und genötigt, auf dem Plüschkanapee Platz zu nehmen. Fast ängstlich schaut sich die Mutter um, sieht die kostbaren Bilder an den Wänden, die Biedermeierkommode, die Teppiche auf dem Boden. Die Bahnwärtersfrau erschauert beinahe vor soviel Pracht. Endlich kann sie fragen:

»Sag einmal, Kind, wieso wohnst du hier so vornehm? Und warum bist du nicht mehr in dem Salon, und warum hast du nicht mehr geschrieben? Wir hatten soviel Angst um dich.«

Nun lacht Else, zündet sich eine Zigarette an und setzt sich der Mutter gegenüber. Sie trägt einen kostbaren Morgenmantel, obwohl es schon auf Mittag geht.

»Ach, Mutter, du fragst so viel. Das kann man auf

einmal gar nicht beantworten. Gib dich zufrieden, Mutter. Mir geht es gut, wie du siehst.«

»Ja, aber – womit bezahlst du denn das alles?«

Else schnipst die Zigarettenasche in den Becher und legt den Kopf vornehm zurück.

»Du fragst immer mich, Mutter, statt daß du mir von daheim erzählst. Wie geht es Vater?«

»Er steht vor der Schranke wie immer.« Die Mutter öffnet ihre abgegriffene Handtasche und nimmt ein paar Äpfel heraus. »Die hab' ich dir mitgebracht, Else. Sie sind von dem Baum, du weißt schon, oberhalb des Pflanzgartens.«

»Ja, vielen Dank, Mutter.« Else sieht auf ihre kostbare Armbanduhr. »Hast du denn schon etwas gegessen, Mutter? Wir gehen hernach in ein Hotel. Bloß – bitte frag mich nicht zuviel, Mutter. Ich habe mein Leben geändert, hab' es selber in die Hand genommen, weißt du.«

»Aha, selber in die Hand genommen. Hast vielleicht selber ein Geschäft angefangen? Das hättest du aber schreiben müssen. Wir hätten dir dann schon etwas zuschießen können. Es ist grad nicht viel, aber dreitausend Mark haben wir auf der Raiffeisenkasse.«

Und da ist wieder dieses seltsame Lächeln um Elses Mund, das etwa sagen könnte, mein Gott, was sind schon dreitausend Mark.

Die Mutter sah ihre Tochter verlegen an und strich einmal mit ihrer rauhen Hand über den feinen Stoff des Morgenrockes. Als Kind ist Else immer gehorsam gewesen, aber nun scheint sie ein ganz anderer Mensch geworden zu sein. Immer noch muß die Mutter ihre Tochter ansehn. Sie ist schön, hat nichts Kindliches mehr an sich und gerät auch nicht im mindesten in Verlegenheit, als jemand die Türe aufsperrt. Es tritt ein Mann ein. Die Mutter sieht ein hageres Gesicht mit scharfen Falten um die Mundwinkel. Aber es ist ein feiner Herr, korrekt gekleidet von Kopf bis Fuß. Er zieht die Brauen ein wenig hoch.

»Du hast Besuch, Else?«

Für einen Moment ist es Else peinlich, aber dann legt sie mit unnachahmlicher Gebärde den Kopf zurück und bekennt:

»Ja, meine Mutter ist überraschend gekommen.«

Der Herr verbeugt sich und nennt seinen Namen und sagt, daß er sehr erfreut sei, die Mutter »seiner« Else kennenzulernen. Meint dann aber:

»Ich will nicht länger stören.«

»Du störst nicht. Im Gegenteil.« Else nimmt einen Faden von seinem Revers. »Ich schlage vor, daß wir gemeinsam zum Essen gehn. Ich zieh' mich nur schnell an.«

Damit verschwindet sie durch eine Türe im Hintergrund. Der Herr gerät ein bißchen in Verlegenheit, als ihn Maria Baumbacher fragt:

»Seid ihr schon verheiratet, oder heiratet ihr bald? Dann werdet ihr wohl zur Hochzeit einladen?«

»Das – wäre – durchaus möglich. Es ist noch eine Frage der Zeit.« Am liebsten hätte er noch hinzugefügt: »Gesegnet sei deine Einfalt, liebe Frau.« Aber das verschluckt er. In diesem Augenblick kommt auch Else bereits zurück, in Kostüm und Hut von auserlesener Eleganz. Sie streift ein paar Handschuhe über und blickt auf die Pendeluhr am Sims.

»Wollen wir gehn?«

Maria Baumbacher ist noch nie in so einem Hotel gewesen und hat über die weißgedeckten Tische zu staunen, über das viele Glas und Silber, daß sie gar nicht darauf achtet, wie Else sich hier benimmt. Mit Sicherheit, ja fast Kälte, behandelt sie den Ober und runzelt dann die Stirne, weil die Mutter so lange braucht, um auf der Speisekarte etwas zu finden.

»Ein schwarzer Preßsack in Essig und Öl steht nicht drauf«, sagt sie endlich.

Else nimmt ihr die Speisekarte aus der Hand.

»Schwarzer Preßsack«, lacht sie und erinnert sich, daß den der Vater auch immer so gerne gegessen hat. Dann bestellt sie für die Mutter auch das, was sie und ihr Begleiter essen wollen, nämlich das Menü I. Das ist eine französische Lauchsuppe, Schweinsfilet mit Beilagen und als Nachspeise Fürst-Pickler-Eis. Nur beim Wein zieht die Mutter nicht mit. Sie will lieber eine Halbe Bier und trinkt es mit Genuß, auch wenn der Herr manchmal die Brauen schmerzlich hochzieht.

Sie begleiten die Mutter zum Bahnhof. Unterwegs betritt Else noch ein Tabakgeschäft und kauft für den Vater eine halblange Grandlpfeife und ein halbes Dutzend Päckchen Tabak.

»Damit du nicht mit leeren Händen heimkommst«, sagt sie und begreift gar nicht, wie schmutzig sie sich benimmt, denn einen Scheck über tausend Mark hätte sie der Mutter leicht mitgeben können, ohne daß es eine nennenswerte Schmälerung ihres Kontos bedeutet hätte.

Aber Else denkt gar nicht daran, weil sie nicht mehr die Bahnwärter-Else ist. Ach ja, ein Kind kann so fremd und hart werden wie ein Stein.

Daheim erzählt die Mutter von dem Wunder, in dem

Else jetzt lebt. Der Bahnwärter hört sich das an, und sein Gesicht wird immer finsterer. Er begreift »das Wunder« viel schneller. Er nickt nur ein paarmal vor sich hin. Dann nimmt er seine Mütze vom Haken und das Signalhorn, geht hinaus, die Schranke herunterzulassen, weil ein Güterzug naht. Hernach lehnt er noch lange mit beiden Armen über der Schranke. Seine Schultern zucken. Aber es sieht niemand, daß er weint.

Die Zeit vergeht, lange Monate, ohne daß von Else eine Nachricht kommt. Frau Maria meint, ob man nicht doch die Polizei verständigen solle. Der Bahnwärter schüttelt mit rauhem Lachen den Kopf.

»Bildest du dir vielleicht gar ein, daß sie verschleppt worden ist? Die hat immer gewußt, was sie will. Schuld sind wir selber. Wir hätten sie nie in die Stadt lassen sollen.

Else bleibt verschollen. Ein paarmal schreibt die Mutter an die Adresse, die sie weiß. Aber die Briefe kommen zurück mit dem Vermerk: »Adressat unbekannt verzogen.«

Der Bahnwärter verrichtet verdrossen seinen Dienst, steht an der Schranke, geht mit seinem Eisenhammer die Strecke ab, und seine Augen saugen sich fest an den vielen Gesichtern, die aus den Abteilfenstern herausschauen oder hinter den Glasfenstern stehen. Aber er schaut vergebens aus, Jahr und Tag, und die Mutter strickt und wäscht weiter für fremde Leute, und ihr Haar wird vor der Zeit weiß.

Viele Jahre gehn dahin. Die Bahnwärtersleute werden alt und immer einsamer. Es ist wie eine stumme Abmachung zwischen ihnen, nicht von dem verschollenen Kind zu reden.

Wieder geht ein Sommer zu Ende. Die Astern hinterm Gartenzaun zittern leise im Herbstwind. Nebelwolken hängen über dem Land, und die Abende fallen schon früh herein.

Frau Maria ist krank, und Thomas Baumbacher hat sie in die kleine Wohnstube gebettet. Matt schnauft sie dahin. Die Augen fallen ihr zu, Schweiß lastet auf ihrer Stirne. Thomas Baumbacher sieht hinein in dieses müdgewordene Herz, das so matt schlägt und dennoch lichterloh brennt in Sorge um das verschollene Kind. Er aber sagt kein Wort davon, sitzt ein wenig vornübergeneigt auf dem Hocker vor dem Bett, die schweren Hände hilflos in dem leeren Raum zwischen den Knien gefaltet.

Er weiß, daß Gevatter Tod schon draußen vor der Türe wartet und die Sense schärft. Aber er kann noch nicht ausholen zum letzten Hieb, denn die Bahnwärtersfrau hat noch eine große Sorge auf ihrem Herzen, die sie ihrem Mann aufbürden muß. Als ihr der Atem für Minuten ein wenig leichter wird, flüstert sie: »Sei nicht zu hart zu ihr, Thomas, wenn sie eines Tages wieder kommt. Nein, du darfst jetzt nicht mit den Zähnen knirschen, denn – ich glaub' nicht, daß sie schlecht geworden ist. Weißt du noch, wie sie immer gesagt hat: ›wenn ich groß bin, Mutter . . . ?‹ Und jetzt ist sie groß und – so wunderschön.«

Nun hebt der Bahnwärter sein graues und schweres Gesicht.

»Du darfst nicht soviel reden«, sagt er.

Dann wird sie still. Ihre Augen sind aufgeschlagen, sie schaut zum Fenster hinaus, und es muß ein weiter Raum hinter den Fenstern sein.

»Du mußt hinausgehn, Thomas. Der Expreß wird bald kommen.«

Er steht an der Schranke, nicht mehr so straff aufgerichtet wie früher, die Schultern nach vorne gebeugt. »Es zieht mich in den Boden hinein«, denkt er oft.

Der Zug ist längst vorüber, und man hört nurmehr in der Ferne sein dumpfes Brausen. Aber noch immer steht der Bahnwärter wie erstarrt. Es hat ihn auf einmal in die Höhe gerissen, denn – heute hat er ein Gesicht gesehen, auf einen Husch nur, am Fenster. Und obwohl dieses Gesicht ein anderes geworden ist, er hat es doch sofort erkannt. Und nun könnte er hineingehen und der Sterbenden sagen:

»Deine Else ist gerade vorbeigefahren. Bestimmt kommt sie heute noch her.«

Ja, das wird er sagen. Deine Else, wird er sagen, denn seine Else ist es längst nicht mehr. Für ihn ist sie gestorben.

Ja, er wird es ihr sagen. Vielleicht hält sie dann noch eine Weile durch. Zumindest könnte das Sterben leichter sein für die Mutter.

Aber als er eintritt, weiß er schon, was geschehen ist. Das gelbe Gesicht ist noch warm, aber die Seele der Bahnwärtersfrau schwebt schon über die Waldwipfel, immer höher – immer leichter – heimzu. Thomas Baumbacher schließt die kühlen Lider über dem fremden Tod und faltet die starr gewordenen Finger über der Brust. Weiter weiß er nichts anzufangen. Nur eine Kerze nimmt er noch aus der Schublade und zündet sie hinter dem Haupt der Toten an. Es ist die Kerze, die Else einmal getragen hat, als sie im weißen Kleid, reinen und guten Herzens noch, zum Tisch des Herrn ging.

Dieselbe Else ist nun im Expreß nach Rom am alten Vater vorübergefahren und hat bei seinem Anblick schnell das Gesicht zur Seite gewandt. Dieselbe Else, die einmal gesagt hat: »Wenn ich einmal groß bin, Vater, dann brauchst du nicht mehr draußen stehen bei Wind und Wetter.«

Und nun ist sie groß, und die Mutter ist tot. Und er, der Vater, wird weiter draußen stehen bei Wind und Wetter, wird gewissenhaft seine Strecke abgehn, wie es ihm sein Eid befiehlt, und der Herd wird kalt sein bei seiner Heimkehr.

Die schöne Frau, die in einem der vornehmsten Hotels in Rom abgestiegen ist, nennt sich jetzt Elisabeth Drauberg und trägt sich als Witwe eines verstorbenen Großindustriellen ein. Sie trägt die elegantesten Kleider und weiß sie auch zu tragen. Niemand ahnt, daß sie in einem Bahnwärterhaus aufgewachsen ist, sie, die in ihrem abenteuerlichen Leben auf alles vergessen hat. Aber seit sie auf der Durchfahrt ihren Vater an der Bahnschranke stehen hat sehn, so arm und alt, hat sie ihre kühle, beherrschte Sicherheit verlassen, und manchmal irrt sie durch das vornehme Haus, liegt im Liegestuhl am Rande des Schwimmbeckens und wartet diesmal eigentlich auf gar nichts. Sonst, ob das nun in Paris war oder in London, hatte sie immer schnell Anschluß gefunden an Herrn mit großem Bankkonto. Diesmal wartete sie auf gar nichts. Ja, zuweilen überkam sie jetzt eine Anwandlung, ihre Koffer wieder zu packen und endlich heimzufahren, zum alten, vertrauten Bahnwärterhaus. Aber da geschah es am dritten Tag auf dem Tennisplatz, daß sie einem Menschen begegnete, wie sie noch keinem begegnet war bisher. Und das Sonderbare war, daß Else sich zum erstenmal in ihrem Leben richtiggehend verliebte. Diese Liebe überfiel sie, daß sie nur noch denken konnte: »Wir dürfen einander nie mehr verlieren!«

Dieser Mann, athletisch gebaut und ein Adonis, mit Umgangsformen, die jede Frau betörten, nannte sich Erwin von Lewald. Altes Geschlecht, sagt er. Im Rheinland große Besitzungen, die er einmal erben werde. Er zeigte ihr Bilder von einem Schloß mit weitgezogenen Hügeln voller Reben.

Noch nie hat Else solch ein Wunder erlebt. Sie erlebt es mit vollen Sinnen und kommt sich vor, als habe sie der liebe Gott an die Hand genommen und wolle sie wieder in ein anständiges Leben zurückführen an der Seite dieses Mannes. Sie wird direkt lyrisch und sagt Worte, die sie einmal irgendwo in einem Buch gelesen hat:

»Gesegnet sei der Tag, an dem du mir begegnet bist.«

Aus Peer Gynt, dachte der Mann, und liebkoste sie wieder, sprach auch von baldiger Heirat und daß er sie bald seinen Eltern vorstellen werde.

Die Himmel haben sich für Else geöffnet. Ihr Vertrauen zu dem Mann ist so groß, daß sie sogar den Mut findet, ihm alles zu bekennen, erzählt ihm vom Bahnwärterhaus und von ihrer armseligen Kindheit.

Der Mann zieht wohl für einen Augenblick die Augenbrauen hoch wie im Schmerz. Zwar sagt er:

»Ich frag' doch nicht nach deiner Herkunft. Auch nicht nach deiner Vergangenheit.« Nur die Zukunft sei maßgebend, für ihn wie für sie. Am andern Tag aber merkt sie irgendeine Verstimmung an ihm.

»Hast du was, Erwin?«

»Nein, was soll ich denn haben? Zugleich aber steht er auf und geht dem Postboten entgegen, kommt dann kopfschüttelnd wieder an den Tisch zurück. »Ich versteh' das einfach nicht.«

»Was verstehst du denn nicht, mein Lieber?«

»Ich habe doch vorgestern schon ein Telegramm nach Hause geschickt, sie möchten mir telegraphisch Geld überweisen.«

»Bei der italienischen Post geht das nicht so schnell. Die lassen sich Zeit.«

»Zeit ist aber Geld«, antwortet er. »Und momentan bin ich knapp. Ich hätte mir mehr mitnehmen sollen. Wenn morgen keins eintrifft, muß ich abreisen.«

»Um Gottes willen, Erwin – das, nein, das kann nicht sein. Ich hab' doch Geld genügend.«

Ganz entrüstet starrt er sie an.

»Du wirst doch nicht glauben –«

»Doch, Erwin, nimm es nur.« Sie drängt ihm ihre Barschaft auf. Es ist sehr viel. Nur widerwillig steckt er die Scheine ein und meint dabei:

»Es ist ja nur bis morgen. Morgen muß ja mein Geld kommen.«

Am andern Morgen, als Else am Frühstückstisch Platz nimmt, wundert sie sich, daß Erwin so lange nicht kommt. Mechanisch streicht sie ein paar Brötchen – auch für ihn – und wartet noch eine ganze Weile, bis sie immer unruhiger wird. Sie sucht im Park nach ihm, in der Schwimmhalle und klopft dann am Schluß an seine Zimmertür. Ein Hausmädchen wechselt gerade die Bettüberzüge.

»Der Herr ist heute morgen abgereist«, sagt sie.

»Unmöglich«, erschrickt Else. »Das muß ein Mißverständnis sein.« Sie stürmt sofort an die Rezeption.

»Jawohl, Herr von Lewald ist abgereist.«

»Ja – hat er denn nicht gesagt, wohin?«

»Bedauere. Er hat keine Adresse hinterlassen. Wollte nur um fünf Uhr für den Expreßzug Rom–Paris geweckt werden.«

Nun erst sieht Else ein, daß es kein Mißverständnis ist. Zum erstenmal in ihrem Leben hat sie wirklich geliebt und nun gleich diese Enttäuschung. Sie meint gerade, das Herz sterbe ihr ab und wird noch tiefer in die Verzweiflung hineingestürzt, als sie bemerkt, daß mit Erwin auch ihr Schmuckköfferchen verschwunden ist. Als sie wieder herunterkommt ins Vestibül, ist die Polizei da. Der Portier deutet auf sie, und sie wird gefragt, wie lange sie diesen von Lewald schon kenne.

»Erst seit ich hier bin«, sagt Else. »Warum, was ist mit ihm?«

Mit ihm sei vieles. Er heiße nämlich gar nicht Erwin von Lewald, sondern ganz einfach Simon Hauser und werde schon lange steckbrieflich gesucht, wegen Heiratsschwindel und Betrügereien.

»Aber das kann doch nicht möglich sein«, stammelt Else.

»Es ist aber so. Und wenn Sie sich etwa auch bestohlen oder betrogen fühlen, dann machen Sie Ihre Angaben.«

Else macht keine Angaben, denn sie hat wirklich geliebt. Ein paar Fingerringe, ein Ohrgehänge und eine Perlenhalskette reichen gerade aus, ihre und des Geliebten Hotelkosten zu bezahlen. Dann bleibt ihr gerade noch das Geld für eine Fahrkarte in die Heimat.

Der alte Bahnwärter sagt nicht viel, als die Tochter nach langen Jahren wieder heimkommt. Es wundert ihn nicht einmal, daß sie zu Fuß mitten auf dem Bahngleis daherkommt, mit einem Bündel in der Hand wie ein Bettler, der auf Jahrmärkte geht oder vor den Kirchtüren sitzt. Als Else nach der Mutter fragt, deutet er mit dem Kinn über den Wald hin, wo der Friedhof liegt.

»Damals«, sagt er, »als du vorbeigefahren bist und mich nicht kennen wolltest, damals war es.«

Else senkt den Kopf und geht langsam ins Haus. Der Vater folgt ihr, hängt Mütze und Horn an den Nagel.

»Hast du keinen Mann?« fragt er.

Else schüttelt den Kopf.

»Frag mich nichts, Vater, gar nichts. Es ist alles aus und zu Ende. Was ich jetzt brauche, ist Ruhe. Laß mich wieder bei dir sein, Vater, du sollst es jetzt gut haben.«

Reisende sehen nun oftmals an kalten Regentagen, wenn den alten Bahnwärter die Gicht quält, eine junge, bildschöne Frau mit blauer Mütze über dem Blondhaar und das Signalhorn auf der Brust vor der Schranke stehn. Ganz still steht sie, stramm aufgerichtet, und der Regen fällt vom Mützenschirm auf ihre Brust herunter. Aber ihre Augen sehen heute nicht mehr so sehnsuchtsvoll jedem Zug nach, der nach Süden fährt. Jetzt kennt sie das Leben dort und will es nicht mehr vertauschen gegen die stille Geborgenheit des einsamen Hauses auf der Strecke.

Morgendliche Zwiesprache

Im zagen Frühlicht eines aufbrechenden Sommermorgens ging ich in den Friedhof. Das schmiedeeiserne Tor stand halb offen, und ich wollte eigentlich vorübergehen. Aber dann trat ich doch ein. Irgend etwas zog mich an, ich weiß nicht was.

Kein Laut ringsum. Es war wirklich ein Hof des Friedens, des allertiefsten Friedens sogar. Bitte, kein lautes Wort schreit dich an, alles Leben liegt jenseits der hohen Hecke, die das Geviert umschließt. Nur du allein lebst, dein Herz schlägt, und du gehst mit dröhnenden Schritten durch die ewig Schlafenden hin. Da und dort bleibst du nachdenklich stehen, weil du diesen oder jenen einmal gut gekannt hast. Sie sind eine ganze Weile neben dir durch das Leben gegangen, sind dann müde geworden und haben sich schlafen gelegt bis zur Nimmerwiederkehr.

»Ludwig Sebastian Ehrenreich, Musiker«, lese ich auf einem Grabstein und bleibe stehen. Sein schmales, durchgeistigtes Gesicht steigt vor mir auf. Ja, mir ist, als hebe er sich selber aus der Tiefe herauf und setze sich neben mich auf die Grabeinfassung. Ich sitze ganz still, getraue mich kaum zu atmen, damit dieser seltsame Zauber nicht zerbreche.

Er hat noch immer diese schönen, schmalen Hände, die vielleicht das Schönste an ihm waren, was Gott ihm einst geschenkt. Sein Genius zerbrach frühzeitig an den Kanten des Lebens. Vielleicht hat er sich auch zu Tode gesehnt, denn so lange ich ihn kannte, hat er hinter einem Mädchen namens Adelheid hergeseufzt. Als er aus der Welt schied, hinterließ er einen Strauß bunter Melodien und einige Symphonien.

»Wenn du mir etwas zu sagen hast, dann mußt du es schnell tun«, sagte er jetzt, und ich erschrak vor der Hohlheit seiner Stimme. »Wenn nämlich die Sonne hinter dem Vogelbeerbaum dort drüben aufsteigt, muß ich wieder verschwinden. Wie war das gleich wieder damals? Du schriebst doch einen Roman über die Liebe, soviel ich mich erinnere. Er wird ja noch immer nicht fertig sein, denn – was die Liebe betrifft – ist immer alles ohne Anfang, ohne Ende . . .«

Er blinzelte zu dem Vogelbeerbaum hinüber. Nein, die Sonne kam noch nicht. Nur ein mattgelber Schein zitterte hinter den fernen Bergen herauf. Im Rosenstrauch hinter dem Grabmal des Realitätenbesitzers Dichtl pfiff eine Amsel. Ludwig Ehrenreich neigte horchend den Kopf zur Seite.

»Fis-Dur«, sagte er. »Horch doch einmal hin. Das ist dieses verdammte Fis-Dur, das mir in meiner Frührot-Sonate so schwer zu schaffen machte. Sie hat es in der Kehle, als wäre es nichts. Ja, du, das kannst du ihnen sagen, sie sollen sich gefälligst besser zusammennehmen, wenn sie meine Symphonien spielen. Der Blaskörper darf nicht so laut übertönen. Ich höre nämlich jeden Mißton zu mir herunter. Totsein und Totsein ist zweierlei. Etwas von mir lebt unter euch weiter. Und das sind meine Melodien. Die sollen sie mir rein erhalten. Es sind nicht viele hier in diesem Friedhof, die auf diese Weise weiterleben.«

In diesem Augenblick traf der erste Sonnenstrahl den Vogelbeerbaum. Es war ein wunderliches Spiel, wie nun alle Schatten schnell verflossen. Ein Wind wachte auf und sprach flüsternd durch alle Zweige. Ganz von fern her klang das Läuten der Frühglocken, und hinter der Friedhofsmauer wetzte jemand eine Sense. Und als ich mich, wie erwachend, ein wenig aufrichtete, war ich allein. Der Spuk war von mir abgefallen, es war nichts mehr vor mir als der unbewegliche graue Stein und ein Hügel, in dessen Mitte ein Kranz von Tagundnachtschatten blühte.

Im Weitergehen dachte ich, daß es sich über diese seltsame Vision hinaus nicht mehr weiter verlohne, noch irgendwo zu verweilen. Aber dann fesselte mich doch wieder eine Grabinschrift. Diesmal war es ein blütenweißer Stein aus carrarischem Marmor.

Hier ruht in Gott,
Frau Maria Kuchler

Das klang mir irgendwie fremd. Ich hatte sie immer Ria gerufen. »Liebe, geliebte Ria«, schrieb ich ihr unzählige Male aus der Ferne. Ich glaube, es sind im ganzen dreihundertsechsundachtzig Briefe gewesen. Was wohl aus meinen Briefen geworden sein mag? Es stand soviel von Liebe darin, soviel Törichtes, vielleicht auch Aufwühlendes, wirklich keine Lektüre für einen Mann, der über die tote Ria hinweg längst wieder zu einer anderen gefunden hat und mit ihr das beschauliche Leben eines biederen Beamten führt. Hoffentlich hat sie meine Briefe verbrannt, als es damals mit uns zu Ende ging.

Ja, das war so was damals, mit uns beiden, nicht wahr, Ria? Herrgott, wie waren wir jung. Deine Liebe war so still wie ein Bergsee, der träumt. Aber in deinen Küssen brannten die Feuer einer immergroßen Sehnsucht. Deine Augen waren dunkel wie die Lichter eines

Rehs, dein Mund deutete immer etwas an, ein kleines Wunder, ein süßes Geheimnis. Nachts warf ich zuweilen Steinchen an dein Fenster. Mein Gott, sind denn wirklich schon dreißig Sommer darüber verrauscht? Ich habe dich nicht verraten damals. Das Leben war schuld, meine unstillbare Wanderlust, die Ferne, die liebe schöne Welt, die mich über die Zeit hinaus festgehalten hat.

Oh, diese Erinnerungen! Sie sind in grauen Tagen das einzige Licht, das die Herzen erwärmt. Sie sind wie ein Brunnen, aus dem man frisches Wasser trinken kann. Sie sind wie der ewige Wunsch des Gautama Buddha, nicht eingefangen zu werden in das Zeitliche. Ich wußte es bisher noch nicht. Aber man kann vor einem Grabmal stehen, und die Schauer der Unendlichkeit wehen einen nicht an; im Gegenteil, die Stunden der versunkenen Jugend grüßen. Freunde, das dürft ihr mir glauben.

»Schlaf wohl, Ria«, sagte ich, und es kam mir töricht vor, daß ich kein tieferes Wort fand, eines vielleicht, das schwerer wog an Güte, meinetwegen auch an Liebe. »Schlaf wohl, Ria ...«

Ich ging nun schneller durch die Reihen. Der Tag war am Erwachen. Man hörte den Lärm des Tages wie ein gedämpftes Trommelspiel an die Friedhofsmauer brechen. Als das eiserne Tor hinter mir zufiel, war mir, als sei ich durch ein Traumland gewandert und müßte mich nun erst wieder zurechtfinden.

Auf einer Bank in den Anlagen saß ein junges Mädchen. Es las in einem Buch, hob aber bei meinem nahenden Schritt die dunkelbraunen Augen und bot mir den Morgengruß mit einer hellen, klaren Stimme.

Ich kenne die jungen Menschen des Ortes kaum mehr, die um mich herum aufwachsen. Auch ein Zeichen, daß ich schon über den Mittag gestiegen bin und im Abend wandere. Aber diese Stimme stieß mich irgendwie an. Mir war, als hätte mich über die dreißig Sommer her etwas sehr Vertrautes angeweht, und ich wußte plötzlich, es war Rias einzige Tochter.

Soll ich mich hinsetzen zu ihr auf die Bank und ihr etwas erzählen? Von ihrer Mutter, die sie kaum gekannt hat und an deren Grab ich soeben gestanden habe. Was erzählen? Daß ihr Mund so blühend sei wie einmal der ihrer Mutter? Oder das vom Steinchenwerfen?

Nein, ich schweige lieber. Es gibt Dinge, die man nur in seinem Herzen tragen kann.

Ich grüßte und ging weiter. Der Tag war nun vollends erwacht. Im Vorübergehen sah ich den Titel des Buches, das sie in Händen hielt.

»Weisheit oder Schicksal?« hieß es.

Wo endet Weisheit? Und wo beginnt das Schicksal?

Freunde, wer kann es mir sagen?